No

Indiquer le lieu de la remise des li-vraisons, dans le cas où l'expé-dition ne serait pas faite directe-ment.

SOUSCRIPTION.

JE soussigné à

m'engage à retirer chez M. Méquignon, libraire, rue Saint-Severin, à Paris, exemplaire de chaque livraison d

vol. in- , à l'époque de leur publication,

et à lui payer la somme de

d'après les conditions du prospectus de cet ouvrage.

Ce 18

PARIS

ET LE VILLAGE,

OU

LES DEUX PAYSANS.

II.

PARIS

ET LE VILLAGE,

OU

LES DEUX PAYSANS;

Par A. G......

TOME SECOND.

PARIS,

CHAUMEROT J.e, LIBRAIRE, PALAIS-ROYAL,
GALERIES DE BOIS, N.° 188.

1820.

PARIS
ET LE VILLAGE,

OU

LES DEUX PAYSANS.

~~~~~~

LETTRE XLIII.ᵉ

D'AUGUSTIN A FIRMIN.

De Paris, le 20 Juin 1818.

Mon ami, le jeune de Ramti n'a pas encore parlé de mes intérêts à son père. Il attend pour cela un moment très-favorable. Ce Perrot n'en bouge pas. Son assurance me taquine. Attendons ! Espérons !

Depuis ma dernière lettre, mon bon Firmin, j'ai été invité d'une

II.   I

noce où j'ai eu le plaisir de danser avec mademoiselle Zoé. Son
éternel Perrot, malgré toutes ses
petites intrigues, n'a pu se faire
inviter, ou plutôt il n'a pu éviter
le tour que je lui ai joué, de le
dire absent à celui qui faisait les
cartes d'invitation. Si tu avais été
à Paris, j'aurais pu te faire aller
à cette noce, où probablement tu
n'aurais pas voulu danser, mais où
tu aurais joui du coup-d'œil d'une
brillante société. C'est un mariage assez bizarre et dont malheureusement on ne voit que trop
d'exemples. N'est-ce pas un malheur pour une jeune personne de
dix-huit ans que d'épouser un
homme veuf de cinquante cinq !
Tu aurais vu une jolie demoiselle,

le front paré de fleurs, à peine sortie de son printemps, et dans toute la fraîcheur du bel âge, devenir l'épouse d'un homme qui ne fut jamais beau, dont le front est chauve, qui compte des printemps par cinquantaine, et qui a plus d'une infirmité du vieil âge ; mais il est riche, et par cette raison il a obtenu la main d'une demoiselle aimable. Si par suite des temps il survient dans le ménage quelque fâcheuse aventure, le mari, s'il est juste, pourra dire : c'est ma faute ; je l'ai voulu.

Un usage en ce pays qui me semble assez incivil, c'est d'inviter beaucoup de jeunes gens à une noce pour les obliger ensuite, et dès le lendemain même, à

I.

rendre l'honnêteté qu'on croit leur avoir faite. Oui , dès le lendemain , les jeunes gens se cotisent à grands frais pour donner ce qu'on appelle *un retour de noce* , fête à laquelle beaucoup d'entr'eux ne contribuent qu'avec humeur.

A cette noce où je viens d'assister , je me suis beaucoup amusé de l'embarras où l'on a mis plusieurs jeunes personnes qui ont été invitées à chanter. Les deux premières , bien timides , n'ont pu achever leurs Romances ; l'une , parce qu'elle avait pris un ton si élevé , que sa mère fut obligée de la faire taire , et que déjà on lui riait au nez ; la seconde , parce que , sa mémoire

la trahissant à chaque instant ,
elle se dépita et se mit à pleurer
au lieu d'achever une chanson
que lé matin elle savait bien ;
une troisième , moins timide , se
rendit à la prière de la mère de
la mariée. Son air aisé , son maintien assuré , tout promettait qu'elle serait plus heureuse que celles
qui l'avaient devancée ; en effet ,
avec une excellente méthode ,
sa voix douce , flexible et gra-
cieuse , produisait des sons en-
chanteurs; mais malheureusement
cette jeune personne n'avait pas
été bien guidée dans le choix
du morceau qu'elle chantait ; car
plus d'une dame , qu'une équi-
voque aimable n'eût point ef-
frayée , prièrent cette demoiselle

de ne pas continuer une chanson qu'elles ne pouvaient entendre sans être assez embarrassées. On sut que cette chanson avait été composée par le frère de cette jeune personne, pour être chantée dans un déjeuner de garçons.

On n'osa plus inviter personne à chanter ; mais on pria un monsieur de raconter quelques historiettes, et parmi ses richesses en ce genre, il fit un choix qui dérida le front des gens les plus sérieux. On remarquait seulement quelques personnes d'humeur fâcheuse, de celles qui craignent qu'on ne s'amuse à leurs dépens, et qui trouvent mauvais ce que beaucoup d'autres ont entendu avec grand plaisir.

Une dame Saint-Charles , auprès de laquelle tu as dîné un jour chez mon parrain , m'a demandé de tes nouvelles ; et m'a chargé de la rappeler à ton souvenir. Toi-même, te la rappelles-tu ?

Adieu , mon bon ami ; je t'embrasse bien amicalement.

AUGUSTIN.

LETTRE XLIV.

DE FIRMIN A AUGUSTIN.

De La Roche , 30 Juin 1818.

Si je me rappelle cette belle dame ! je le crois bien ! c'est celle

qui , en commençant son dîner ,
n'a bu que de l'eau ; qui , au rôti ,
avalait du vin comme un médecin , et qui , au dessert , buvait
de l'eau-de-vie comme un vieux
hussard qui est maintenant ici
garde-chasse. Oui ! oui ! je me
la rappelle bien. Une jolie petite
dame , l'air espiègle comme un
enfant de chœur, et qui, avec moi,
croyait qu'il n'y avait qu'à se
baisser et à prendre pour attraper un homme de la campagne·
J'en ris encore ! A-t-elle bien cru
assez long-temps que je donnais
dedans ! Il est bien vrai de dire
que j'ai cru un moment que cette
bourgeoise me guettait , me re-
luquait pour m'amener, comme
le fils Lambert, à la reconduire

lè soir chez elle ; mais une grimace , que je lui ai vu faire sur
moi, en regardant un monsieur
qui était à l'autre bout de la table,
m'a fait voir clair comme en plein
midi ; alors, mettant mon pouce
dans ma main, je me suis dit
à moi-même : A bon chat, bon
rat. Ce n'est pas l'embarras ; j'étais
bien aise tout de même de me
trouver vis-à-vis d'une dame qui
s'ouvrait à moi si facilement ; au
surplus c'était une belle femme ,
et çà prête à donner dedans. A
tous les complimens qu'elle me
faisait , je répondais de mon
mieux avec reconnaissance, et
peut-être bien un peu plus chau-
dement encore, quand je me suis
aperçu de cette grimace qui m'a

I..

dégrisé tout—à—coup sans qu'elle s'en soit doutée. Elle me croyait sa -dupe, quand elle était la mienne.

Je me rappelle bien encore de cet acteur de tragédie, si gai, si amusant, et qui se tuait de me dire qu'il m'avait vu *quelque part.* Ah! sans toi, celui-là m'aurait mené loin, avec son *quelque part.* S'il avait été moins pressé de m'attrapper, je l'aurais cru tout aussi long-temps qu'il aurait voulu. Heureusement que je me suis rappelé ton histoire de mystification de l'oiseau, de la perruque et du haut-mal. J'ai rebroussé chemin de suite, sans rien dire; et ce monsieur, me croyant toujours à plat ventre dans l'igno-

rance, n'a pas tardé à marcher
sur sa longe ; et, en donnant le
nez contre terre, au lieu de rire à
mes dépens, on s'est amusé aux
siens. Et ce chirurgien, qui s'entend mieux à faire le sourd qu'à
guérir ses malades, comme disait
M. Dumont, a-t-il été bien at-
trapé à son tour, lorsqu'en voulant répandre une carafe sur quelqu'un, l'eau est tombée sur lui,
parce que la carafe lui a manqué
dans la main. C'est lui qui me disait que son père était chargé de
fabriquer tout le sel qui se con-
sommait en France. — Comment
donc cela, lui ai-je demandé ? —
C'est très-facile, me dit-il : on
prend un étang, on fait venir la
mer dedans ; le soleil donne des-

sus, et voilà le sel fait.—Oh! mais, je dis, monsieur, en voilà une bonne et bien salée, comme on dit chez nous! Apprenez, à votre tour, que je ne suis pas encore de ces gens de campagne si bêtes, qui se plaignent de n'avoir pu voir la ville, parce que les maisons leur en ont empêché; ni de ceux qui, en voyant dans un tableau d'église le père éternel, trouvaient que le bon Dieu était très-ressemblant.

Mais c'est donc presque une obligation pour les gens de Paris que de vouloir toujours attraper ceux de la campagne? Si pourtant nous prenions notre revanche lorsque des Parisiens viennent chez nous, on leur ferait accroire facilement qu'une vache porte six mois au lieu de neuf, que les re-guins sont une première herbe, que le fromage se fait de lui-même, sans présure, et que la chenevière se transplante comme de la salade.

Prends-bien garde à ce monsieur Perrot. Tu attends trop à parler à M. de Ramti; cela te jouera un mauvais tour. Oh! j'aurais cru que Paris t'aurais rendu plus hardi.

Je ne suis pas très-fâché de ne m'être pas trouvé à cette belle noce, où quelques malins auraient encore essayé de me faire accroire que des huîtres viennent sur un arbre comme les nèfles, et que les tours Notre-Dame sont les che-

minées des fours banaux de Paris. Je plains ta jeune mariée.
Pauvre petite ! Entrer en carême
sans faire les jours gras, ça n'est
pas gai du tout ! Mais un mariage
d'une jeune demoiselle avec un
vieux barbichon, c'est comme si
on greffait un sauvageon rabougri
sur un pommier d'api bien sain.
Ce n'est que dans les villes que
l'on peut voir souvent de ces mariages mal assortis et qui finissent
par être tout-à-fait biscornus. Ici,
rarement un homme veuf, qui aurait passé la cinquantaine, oserait
demander en mariage une jeune
fille, qui d'ailleurs ne se soucie-
rait pas, je le crois bien, de se re-
poser avant de connaître le travail.
L'intérêt chez nous, tu le sais, ne

l'emporte pas sur l'amitié, aussi
les bons mariages ne sont pas rares
à la campagne. Ton jeune marié
de cinquante ans n'a qu'à se bien
tenir. Je ne lui donne pas la chute
des feuilles pour être tombé avec
elles ; mais le printemps ramenera
des feuilles, et le brave homme
ne raverdira pas. Chacun en rira.
A qui la faute ? au vieux fou qui,
sur la fin de son automne , aura
voulu faire le cadet, lui l'aîné de
sa famille.

Depuis ton départ il n'y a eu
à La Roche qu'un mariage de ce
genre-là ; aussi a-t-on fait un fa-
meux charivari à la porte du père
Maurice Couard, qui, à cinquante
huit ans, s'est marié avec une
jeune fille de vingt-cinq. D'abord

le matin de ses noces il a trouvé au-dessus de sa porte, dans une cage, un coucou qui s'égosillait et qui, dans son ramage, ne lui annonçait rien de bon pour l'avenir. En mettant le pied dans la rue, il a aperçu tout le devant de sa porte qui était garni de fleurs jaunes ; enfin toute la nuit de son mariage on n'a pas cessé, avec des poëlons et des chaudrons, de faire charivari devant sa maison. Le dimanche suivant, en sortant de la messe, tout le monde lui riait au nez. Si c'était à recommencer, je crois que le père Couard consentirait à rester veuf le restant de ses jours. Je trouve que tu as bien fait d'envoyer coucher ton M. Perrot, tandis que vous dan-

siez à la noce : le tour est bon ;
c'est ce qu'on appelle ici manger
le beurre au chat. Il faut maintenant empêcher avec soin que Perrot ne sache le tour qu'on lui a
joué, parce qu'en s'en plaignant,
cela pourrait faire du tort à la réputation de Mlle. de Ramti, qu'on
s'imaginerait bien avoir été de
moitié avec toi.

J'ai toujours oublié de te demander quel était ce vieux monsieur en perruque blonde, qui,
la veille de mon départ de Paris,
est venu dîner chez ton parrain ;
mon dieu ! quand il est arrivé,
comme tout le monde est allé à
lui, et comme chacun se dressait
sur la pointe des pieds pour en
être aperçu, si ce n'est M. Du-

mont qui s'est contenté de le saluer un peu ; à table , ton parrain
et sa femme ne s'occupaient que
de lui , et je crois bien que ce doit
être un grand seigneur , ou tout
au moins un homme fort riche ,
si ce n'est pas un comédien.
Lorsqu'il est parti le soir, ton
parrain en le reconduisant , avait
l'air tout satisfait, au lieu qu'en
rentrant, sa mine était bien diffé-
rente.

Adieu , mon bon camarade; nos
deux familles se portent bien. Je
t'embrasse et te serre la main de
bon cœur.

FIRMIN.

~~~~~~

LETTRE XLV.ᵉ

DE FIRMIN A AUGUSTIN.

De La Roche , le 9 Juillet 1818.

JE n'attends pas ta réponse , mon
bon ami, pour t'apprendre le
grand malheur qui vient d'arriver dans la paroisse, et dont les
papiers publics , à ce qu'on dit ,
font mention, mais pas très-exac-
tement à ce qu'il paraît ; il n'est
pas facile de dire la vérité quand
on la tient de la deuxième ou de
la troisième main, mais voici le
récit véridique du malheur.

Depuis deux ans le fils de la
veuve Collin faisait l'amour à Victoire, la fille du père et de la

mère Lantenoir ; la fréquenta-
tion convenait à ces braves gens :
Collin qui a toujours aimé la lecture et l'écriture, a quitté l'état
de menuisier, que faisait son
père, pour se mettre tout-à-fait à
la plume et laisser là le rabot.
Depuis une an il était le commis
de notre juge de paix, chez lequel il avait trouvé des livres
qu'il prêtait à Victoire, qui prit
aussi du goût pour la lecture, et
le dimanche les deux amoureux
allaient se promener au loin un
livre à la main, au lieu d'aller se
divertir sur la place avec la jeunesse.

Quelque temps avant le malheur, la mère de Collin dit à son
fils qu'elle voudrait qu'il fût à

Paris pour se renforcer, afin de pouvoir un jour devenir tout-à-fait homme de plume et faire un bon mariage. Collin alors apprit à sa mère qu'il aimait Victoire ; mais sa mère ne l'engagea pas moins à aller à Paris, disant qu'il avait toujours le temps de se marier. Les jeunes gens, voyant qu'ils éprouvaient des empêchemens, en ont pris un tel chagrin qu'ils sont convenus de se détruire pour les éviter.

Le soir du jour du malheur, les parens de Victoire ne la voyant pas rentrer, étaient dans la plus grande inquiétude, lorsqu'à une heure du matin quelqu'un qui voyageait de nuit et qui était du pays, vint leur annoncer que leur fille était décédée et que son corps était dans le grand parc, à tel endroit. On a donc été au parc, où l'on a trouvé ces deux malheureux jeunes gens au pied d'une roche à cinq branches, se tenant encore par la main gauche et tous deux baignés dans leur sang, ayant deux pistolets près de leurs personnes.

Quel malheur! tout l'endroit est dans le chagrin! la mère Collin se désole, et les parens de Victoire sont inconsolables!

Il paraît qu'on attribue cette détermination si fatale à des livres trop forts pour des jeunes gens sensibles, qui n'ont pas eu le courage de souffrir une contrariété, quand ils ont eu la force de se donner la mort. On n'y conçoit rien. Des livres assez mauvais pour porter quelqu'un à se détruire, devraient être condamnés au feu sans miséricorde. Il y a donc du poison pour l'esprit comme il y en a pour le corps!

FIRMIN.

LETTRE XLVIe

D'AUGUSTIN A FIRMIN.

Paris, le 20 Juillet 1818.

Mon cher Firmin, j'ai lu avec le plus vif intérêt le récit touchant que tu m'as fait du malheureux événement arrivé à La Roche; je plains de toute mon âme les pa-

rens de l'infortunée Victoire; et
je pense que la mère de Collin a
de grands reproches à se faire, car si
elle n'eût point montré à son fils le
désir de lui voir embrasser une autre profession que celle où son père avait honorablement vécu, et si
elle ne lui eût pas, pour ainsi dire,
ordonné de renoncer à Victoire en
voulant qu'il fût à Paris, assuré-
ment ces malheureuses victimes
d'un si violent amour n'auraient
pas préféré mourir plutôt ensemble que de vivre séparés.

Combien nous sommes heu-
reux, mon ami, d'avoir des parens que l'ambition n'aveugle pas,
et qui, j'en suis bien assuré,
ne contrarieraient jamais le choix
que notre cœur aurait fait! J'ai
peine

peine à concevoir ce fatal accident, car on ne cite nulle part qu'il soit arrivé au village un semblable malheur. Il n'y a que les villes qui soient le théâtre de ce genre d'événemens. S'il est vrai que de dangereuses lectures puissent causer d'aussi funestes effets, combien il serait donc important d'éviter la publicité des mauvais livres ! Je regrette beaucoup, Firmin, que le pays qui nous a vu naître ait fourni ce terrible exemple d'une sorte de perversité que je croyais bien éloignée de la campagne.

Pour te bien dire quel est ce monsieur qui dîna chez mon parrain la veille de ton départ, je crains de mal parler ou de me

II.   2

tromper. C'est un homme assez puissant, dit-on, qu'on redoute plus qu'on ne l'aime, dont les uns recherchent la protection, et dont les autres fuyent la présence, quoi-qu'il soit infiniment poli avec tout le monde. Il a de l'esprit, des connaissances, parle plusieurs lan-gues, et montre assez de curiosité, lorsqu'il s'agit de politique, sans qu'on sache de quelle opinion il est. Depuis vingt-cinq à trente ans, il a été continuellement en faveur sous tous les gouverne-mens : on ne lui connaît pas de fortune apparente, et pourtant il fait beaucoup de dépenses. On dit qu'il a été marié en province, et si l'on en croit celui de ses do-mestiques qui a toute sa confiance,

il l'aurait été deux fois, sans avoir
été veuf. Ce n'est pas un comédien, comme tu aurais pu le croire,
quoiqu'il ait joué plus d'un rôle,
mais pourtant jamais, dit-on, à
visage découvert.

Va donner de mes nouvelles à
ma famille, et rappelle-moi à l'a-
mitié de tes parens : je t'embrasse.

AUGUSTIN.

LETTRE XLVII.

D'AUGUSTIN A FIRMIN.

Paris, le 15 Août 1818.

PLAINS-MOI, mon bien bon-ami,
car j'éprouve un chagrin extrême... Je ne puis rassembler deux

2.

idées..... Mademoiselle Zoé est promise au jeune Perrot... j'en mourrai!... C'est ma faute! que n'ai-je suivi tes conseils! M. de Ramti, ignorant mon amour pour sa fille, et qu'il fût partagé, a donné sa parole...... Je vais perdre celle que j'adore!... Pourquoi suis-je venu à Paris!... pourrai-je encore y rester! Zoé pourra-t-elle être heureuse sans moi! Adieu mon bonheur! adieu cet avenir que j'entrevoyais sous de si favorables augures! Firmin, que je souffre!.... Ecris-moi, mon ami!....

AUGUSTIN.

LETTRE XLVIII.e

DE FIRMIN A AUGUSTIN.

De La Roche, ce 27 Août 1818.

CE que je craignais tant pour toi, est arrivé, mon bon camarade. Il fallait bien que le jeune Perrot fût poussé là par un fort espoir. Je conçois bien tout ton chagrin, tout ton embarras ; mais on peut en sortir encore, sans se désoler comme tu le fais. Oh ! que je voudrais être près de toi ! C'est dans l'affliction qu'un ami est le plus nécessaire. Du courage ! de la patience, mon bon Augustin, tout n'est peut-être pas encore perdu !

mais c'est là le cas de consulter
ton ami, celui qui voit si clair
dans le caractère des gens. Il n'est
pas qu'il ne puisse te donner un
bon conseil. Il te faudrait là aussi
un bon laquais de comédie, un
vaurien dans le genre de celui de
Frontin des religieuses Visitandi-
nes, pour préparer à Perrot quelqu'embûche. M. de Ramti a bien
donné sa parole; mais le notaire
n'y a pas encore passé.

Quant à moi, je crois que tu
ne dois pas encore faire tes adieux
au bonheur. C'est s'aller coucher
avant la nuit. Parce que tu ren-
contres une pierre dans ton chemin, voilà, tout de suite, que tu
es triste comme un *libera!* Et, par-
dine! de la maladie à la mort, il

y a encore loin, et on ne meurt
pas chaque fois qu'on est malade.
Je crois que mademoiselle Zoé,
sans trop désobéir à son père, devrait faire un peu la grimace au
jeune Perrot, pour qu'il ne se
mette pas trop en appétit de l'é-
pouser.

Ecris-moi bien vite, mon ami,
pour m'apprendre comment tout
cela finira. Mais, encore une fois,
ne jette pas ton bonnet par dessus
les maisons. Conserve bien ta tête ; ne te montre pas trop chagrin ; et, comme tu ne peux pas
faire une mauvaise action, je te
conseille de suivre pas à pas les
démarches de Perrot, pour en tirer parti honnêtement.

Adieu ; je t'embrasse, mon cher Augustin.

FIRMIN.

LETTRE XLIX.

DE FIRMIN A AUGUSTIN.

De La Roche, le 6 Septembre 1818.

COMME on dit ici, point de nouvelles ! bonnes nouvelles ! puisque tu ne m'as pas écrit, c'est que, probablement, tes affaires vont assez bien. Tu sais si je le souhaite de tout mon cœur.

Pour mon compte, je suis assez content ; car, depuis l'événement de Collin et de Victoire, le père

Biscara paraît avoir mis de l'eau
dans son vin. Quoique Marie-
Anne et moi, ne soyons pas gens
à prendre les devans pour aller
dans l'autre monde, je ne suis pas
fâché que les entrailles du brave
homme ayent été un peu remuées
par la peur que sa grognerie vis-à-
vis de moi ne me porte à me détruire, ainsi que sa fille. Ah ! j'aurais trop de plaisir à vivre avec
elle, pour avoir une idée comme
celle-là. Tant il y a que le fils
Gallien pourra bientôt retourner
auprès de la petite Simonette,
qui est déjà sèche, comme un coucou, de jalousie.

J'attends une lettre, de toi, un
peu plus gaie que la dernière ;
mais, n'importe tout ce qui t'arri-

vera, tu peux compter sur mon amitié.

FIRMIN.

***

LETTRE L.^e

D'AUGUSTIN A FIRMIN.

De Paris, le 12 Septembre 1818.

TA dernière lettre, du mois d'août, mon bon ami, a ranimé mon courage ; et, sans avoir beaucoup plus d'espoir, je suis plus disposé à résister au malheur qui m'accable, en essayant de faire manquer ce mariage, qui me rendrait le plus infortuné des hommes. Mademoiselle Zoé me secondera de tous ses moyens, et son frère est tout-à-fait dans mes intérêts. J'ai vu Athier, cet ami dont tu me parles, et qui m'a promis ses bons offices. Je ris, malgré moi, d'un expédient qu'il voudrait employer pour amener Perrot à renoncer, de lui-même, à mademoiselle Zoé. Je veux, avant tout, la consulter, et je n'entreprendrai rien sans avoir son assentiment.

Quelle que soit la cause du retour du père Biscara, j'y applaudis de bien bon cœur. Profite de ces dispositions favorables. O mon ami ! hâte, s'il se peut, l'instant de ton bonheur !

M. Lefèvre de Saint-Claude, qui a un moulin près de la tuilerie de mon père, vient de m'a-

dresser son fils pour lui faire
avoir une place dans un bureau ,
et pour que je le promène après
mes occupations. Il m'a fait écrire par sa femme une lettre fort
obligeante à cet égard, mais qui
pourtant n'a pas le sens commun;
car il s'imagine que j'ai , pour
ainsi dire , à ma disposition un
emploi de vacant qui attend quelqu'un pour l'occuper.

On croit en province que ceux
qui habitent Paris peuvent aisément obtenir ce qu'on réclame
de leur obligeance ; mais on devrait savoir que c'est le pays où
l'on obtient le moins par l'im-
mensité des concurrens , et quelquefois la faveur l'emporte sur
le bon droit, ce qui arrive assez

volontiers, lorsqu'on sollicite une
chose juste. D'autres fois on fait de
la province des demandes si ridicules, qu'avec la meilleure volonté du
monde, on ne peut en suivre ici le
succès dans aucun bureau ; d'autres viennent de leur département
solliciter eux-mêmes; mais, à peine
sortis de la diligence, ils accou-
rent chez l'ami qui habite Paris.
Il doit connaître toutes les personnes qu'il importe de voir,
et on lui demande comme une
chose fort simple de vous accompagner partout. C'est ainsi que
les gens de la province tirent
presque à vue sur ceux qui habitent Paris. Parce que mon père
est le voisin de M. Lefèvre de
Saint-Claude, il m'envoie son

fils , dont il faut que je m'embarrasse, et dont vraiment je ne sais
que faire. Ce jeune homme , sans
être positivement un imbécille ,
me paraît être un sot , un avantageux , gens assez recherchés ici
pour les menus-plaisirs des Parisiens. Voilà , je crois , tout le
parti qu'on pourra en tirer.

Adieu, cher Firmin ; mes amitiés à tous nos camarades.

AUGUSTIN.

LETTRE LIe

DE FIRMIN A AUGUSTIN.

De La Roche, le 20 Septembre 1818.

Mon ami, c'est tout de bon
que le père Biscara est bon enfant.
Hier mon père a mangé sa soupe,
et il a été question de mon mariage
avec sa fille, qui, de son côté,
m'a assuré que son père n'était
plus fâché contre moi. Le temps,
comme je te disais, a séché son
humeur, et le voilà maintenant
qui presse les affaires autant qu'il
s'en éloignait. Ce que c'est que
les hommes ! Un rien les pousse
à *dia*, et un autre rien les ramène
à *hurhaut*. Voilà donc comme çà

va depuis le *pater* jusqu'à l'*amen* de la vie. Décidément je crois que nous serons mariés ce carnaval. Tu viendras à mes noces, mon cher camarade ; car elles ne seraient pas complètes, si tu n'y étais pas.

Allons, il faut maintenant espérer aussi du beau temps pour toi ! Bientôt M. Athier, ton ami le malin, aura trouvé le moyen d'attraper d'une manière ou d'autre ton M. Perrot qui n'y verra rien, malgré sa double paire de *z'yeux*. Mettez les fers au feu, emmanchez bien vos serpettes, et échenillez-moi ce grand déhanché-là. Marquez-moi comment on s'en sera débarrassé ; attrapez-le bien, mais ne lui faites pas de

mal. Qu'il aille autre part chercher à faire souche ; qu'il épouse
quelque demoiselle affilée comme
lui, et je lui prédis que ses enfans pourront courir à la chasse :
cela fera de jolis lévriers.

Je ne reviens pas de ce M. Clau-
de Lefèvre qui t'envoie son fils
comme un vrai paquet par la diligence : il est sans gêne. Je le
connais, ce fils Lefèvre; il vient
tous les ans ici, à la fête patronale.
C'est un gros ramassé, qui a oublié d'être vacciné, et qui a l'air
d'un saloir sur lequel on a mis un
chapeau au lieu de couvercle.
Qu'est-ce que tu vas en faire ?
Ç'a n'est bon à rien. C'est un de
ces bourgeois de la ville , vrai
poulet d'Epinette, rentier de pro-

fession , et qui se croit quelque
chose , parce que son père n'a
jamais rien été. Je te défie bien
de le mettre à quelque chose ;
car il sait à peine écrire. Dam !
on dit que ça jase comme un perroquet ; mais on dit aussi que ,
dans une société qui s'y connaît,
ça passe pour un dindon. Ah !
s'il pouvait tomber entre les mains
d'un de ces Parisiens malins qui
savent vous retourner un homme
comme un marchand de chevaux
sait dompter un cheval difficile ,
M. Lefèvre ferait à Paris plus de
quatorze lieues en quinze jours !
Si tu peux le placer , place-le ; mais
je te conseille de le faire prendre
à l'essai ; tu m'en diras des nouvelles.

Occupe-toi préférablement de ton mariage ; laisse Lefèvre se promener tout seul pour le moment; et, s'il se perd, tu le feras afficher en promettant une récompense honnête à qui te le ramenera.

Te rappelles-tu bien d'avoir connu les deux fils Jalmain, qui étaient deux frères jumeaux qui se ressemblaient tant, et qui étaient toujours habillés l'un comme l'autre ? Eh bien! il y en a un de mort ; mais on ne sait pas lequel : cela embarrasse les parens.

Adieu ! mon bon Augustin ; nos camarades t'envoient bien des amitiés.

FIRMIN.

LETTRE LII.

D'AUGUSTIN A FIRMIN.

Paris, le 30 Septembre 1818.

Jamais je ne me pardonnerai la négligence que j'ai apportée à confier à M. de Ramti l'attachement que j'avais pour sa demoiselle. Hier, il m'en faisait obligeamment le reproche, comme regrettant sincèrement de n'avoir pas su que sa fille et moi nous nous aimions. J'ai vu aussi mademoiselle Zoé, à qui son père a fait de vifs reproches, non pas parce qu'elle m'avait aimé, sans lui en demander la permission; mais parce qu'elle avait manqué de confiance en lui. Il aurait désiré qu'elle lui eût ouvert son cœur, lorsqu'il fut question du jeune Perrot. J'ai consulté mademoiselle Zoé sur le tour que nous nous proposons de jouer à son prétendu, pour nous en défaire. Elle y consent bien volontiers, pourvu qu'on l'en débarrasse.

Il s'agit donc de faire croire à Perrot, que mademoiselle de Ramti, est malheureusement atteinte d'épilepsie; qu'elle tombe du haut-mal, comme on dit chez nous. Pour arriver à notre but, mon ami Athier qui connaît assez particulièrement Perrot, l'engagera à déjeuner chez lui. Le jeune de Ramti et moi, nous serons de la partie; à un signal convenu, de Ramti montrera du mal-aise, feindra adroitement et par degré,

une attaque d'épilepsie. Il jouera
son rôle à merveille, j'en suis assuré. L'accès passé, de Ramti de-
mandera à s'en aller ; et moi,
je proposerai de l'accompagner.
Nous partirons. Perrot, resté seul
avec notre confident, apprendra
de lui que la sœur est attaquée de
la même maladie que le frère, et
nous espérons que Perrot, peu flatté de se marier avec une épileptique, renoncera à ses prétentions,
en me laissant le champ libre.
Fasse le ciel que cette folie, que
cette espèce de mystification réus-
sisse au gré de mes désirs! (1)

O mon dieu ! mon cher Firmin,

_____

(1) Ce moyen de supposer une maladie
épileptique, pour éconduire Perrot, ayant
réellement été employé, j'ai conservé la naï-
veté de cette ruse, afin de conserver aussi la

quel sot personnage que ce Lefèvre ! non seulement il sait à peine
lire ; mais c'est qu'il a la sottise de
se dire le fils d'un des premiers de
la ville de son endroit. En tout
cas, ce n'est pas pour l'esprit. Oh !
l'assurance ne lui manque pas !
Mais qu'en ferai-je ? Comment
annoncer à son père qu'il n'est bon
à rien ? Ni l'un, ni l'autre ne le
croiront ; rien n'est entêté comme
un sot. Hier, je l'ai conduit au
spectacle. Nous avons été aux
Français ; on donnait le Tartufe,
cette même pièce que tu m'as de-

---

vérité du caractère d'Augustin, qui se refusa
d'abord à ce stratagème, et qui l'adopta ensuite ; mais, si j'eusse été obligé d'en in-
venter un, sans doute je n'aurais pas ima-
giné celui-là.

mandé à revoir une seconde fois.
Eh bien ! croirais-tu que Lefèvre
a trouvé cela ennuyeux? Rien ne
l'amuse comme la promenade du
boulevard, et le spectacle auquel
il donne la préférence est celui des
Variétés. En cela il montre le même goût qu'un des plus grands
personnages qui vinrent à Paris en
1814, lequel préférait les farces
du boulevard aux chefs-d'œu-
vre des premiers théâtres. Je ne
manque pas de dire à Lefèvre
que je m'occupe de lui trouver
un emploi ; mais que cela est
très-difficile et fort long. Si
d'ici à quelque temps il ne prend
pas son parti, j'aviserai au moyen
de lui donner la maladie du pays,
en le fatiguant de choses qui

ne

ne seront pas de son goût.

Je crains fort, mon ami, de ne pouvoir être le témoin de ton bonheur. Ce serait un bien grand plaisir pour moi, tu n'en saurais douter. Chargé d'un travail important qui vient de m'être confié, je vois avec beaucoup de peine l'impossibilité de m'absenter. Ce travail est une distinction flatteuse, honorable, et je pourrais la perdre, si je sollicitais un congé dans ce moment. Crois bien à tous mes regrets, cher Firmin.

Je joins ici une lettre pour mon père. Va le voir, et embrasse bien ma bonne mère pour moi. Ton ami.

AUGUSTIN.

LETTRE LIII.

DE FIRMIN A AUGUSTIN.

De La Roche, 8 Octobre, 1818.

Apprends-moi donc bien vite,
mon bon camarade, que ce diable de Perrot a bien donné dans
votre comédie jusqu'au cou. N'allez pas rire, et laisser tomber
votre friture dans le feu. Si cela
réussit, le tour sera bon; mais si
vous manquez votre coup, on
vous blâmera. C'est comme ça en
bien des choses. Si Perrot avale
cette gobe-là, c'est bon signe. Il y
a à parier qu'il ne voudra pas se
marier avec une demoiselle qui
aurait une maladie si vilaine, si

obstinée, qu'on ne peut point en
guérir, à ce que disent les méde-
cins, qui n'ont pu encore y trouver de remède. Cependant, on
dit qu'il y en a à toûs maux.

Je suis moins étonné qu'un autre, de ce que tu me dis du fils
Lefèvre ; on voit assez souvent
de semblables messieurs à la ville
d'auprès de chez nous; là, de ceux
qui ne font rien du tout; de ceux,
enfin, qui se disent les premiers
de la ville; et qui, si on les dé-
pouillaient de leurs beaux habits,
paraîtraient moins que le dernier
des paysans. Comment! cette si
superbe pièce du Tartufe l'a en-
nuyé! cela prouve bien sa bêtise;
car, malgré que je n'aie pu, comme
toi, en bien sentir tout le fin, j'en

3.

ai néanmoins reconnu de bonnes choses, et bien véridiques.

Il n'est pas, je crois, qu'on ne puisse trouver encore des hommes de la sorte du Tartufe ; mais on aurait bien de la peine à trouver un chrétien de la crédulité de M. Orgon. Maintenant, on croit ce qui est croyable, et pas davantage. Mais est-il entêté, ce M. Orgon ! et a-t-on eu du mal à lui faire voir que le saint homme de Tartufe n'était qu'un Finaud, qu'un *vrai faux* dévot, de ces gens qui ne prient le bon Dieu que quand on les regarde ; qui, de la table du maître, voulait aller au lit de la bourgeoise ; mettre dans son greffe toute la fortune de la famille, et tout cela pour l'a-

mour de Dieu! Je dis que c'est
cela aimer son prochain ! Dans
son entêtement, M. Orgon res-
semblait à un coche d'Auxerre,
bien engravé, qu'on ne peut tirer
de la boue, sans le secours de
tous les voyageurs, qui, pourtant,
l'en tirent, après avoir pensé pé-
rir avec lui. Et ce damné dévot de
Tartufe, à la fin, avait-il bien l'air
d'un loup pris au piége, écumant
de rage de n'avoir pu croquer à
belles-dents la dame Elmire, et
consommer la ruine de cê trop
crédule M. Orgon ?

J'ai remis à ton père la lettre
que tu m'as envoyée pour lui. Il
se porte bien, quoiqu'il souffre
un peu d'une fraîcheur qu'il a

attrapée dans les grandes cha-
leurs de l'été dernier.

Ton camarade et bon ami.

FIRMIN.

~~~~~~~~~~~~~~~~~~~~~~~~~~~~~~~~~~~~

LETTRE LIV.ᵉ

D'AUGUSTIN A FIRMIN.

De Paris, ce 15 Octobre 1818.

Mon bon ami, tout a réussi au
gré de mon attente. Le déjeuné a
eu lieu. Perrot s'y est trouvé, et
de Ramti a joué son rôle à merveille. Notre homme croit ferme-
ment que le frère et la sœur sont
atteints de la même maladie. On
lui a demandé le secret. Le gar-

dera-t-il ? Peu nous importe.
L'essentiel, pour nous, est qu'il
sache à quoi s'en tenir, et qu'il
puisse être effrayé par cette affreu-
se maladie. Que va-t-il faire maintenant ? c'est ce qui m'inquiète.
Hier, il a passé la soirée avec
nous, chez M. de Ramti, où il
remarquait, très-attentivement,
tous les mouvemens de mademoiselle Zoé. Il a néanmoins toujours été aussi empressé auprès
d'elle. Attendons !.. j'ai pour moi
l'amour. J'espère qu'il ne m'aban-
donnera pas. La ruse est bien
quelquefois permise aux amans,
et tout l'autorise dans ma position. J'aime à penser que, si M. de
Ramti connaissait notre stratagème, il y applaudirait en secret.

Mais, comme tu dis, pour cela il faut un succès complet.

Je suis toujours très-embarrassé du jeune Lefèvre qui m'ennuie et me fatigue à l'excès. C'est un franc original en tout genre, il parle de lui et de ses parens avec une complaisance sur laquelle il compte beaucoup pour obtenir de la considération ; il s'imagine qu'on en a infiniment à Paris pour un rentier d'une petite ville de province. Il raconte à qui veut l'entendre, que son père a une maison à porte cochère, qu'il donne à jouer deux fois par semaine, et qu'au carnaval il donne un grand bal avec des rafraîchissemens, et où les masques sont reçus en se nommant à la porte.

A propos de masques, est-ce que Lefèvre, malgré mes conseils, n'a pas voulu aller au bal de l'opéra, où j'ai bien voulu l'accompagner? Ce bal est une réunion considérable de personnes de tous les rangs, de gens qui ne se sont jamais vus, de femmes de toutes conditions, tutoyant tout le monde et tutoyées par le premier venu, lutinant tout les passans, et lutinées par un homme galant et poli, comme par le masque le plus malappris. Après avoir long-temps parcouru avec Lefèvre tous les sallons, après être montés et descendus vingt fois du haut en bas de a salle, je le perdis dans la foule, et malgré toutes mes recherches je n'ai pu le retrouver. A quatre

3..

heures du matin je me retirai. Le
lendemain, ou plûtôt dans la soirée, je fus chez Lefèvre, que je
trouvai au lit, moulu de coups,
abîmé de contusions, et ayant a u-
près de lui, sur une chaise, un
mauvais habit brodé. Que vous
est-il donc arrivé m'empressai-je de
lui demander ?—Eh ! mon cher ,
un tour pendable. — Comment ?
« — L'envie de me déguiser me
» tourmentait , et, soupçonnant
» bien que vous m'en détour-
» neriez, je fis exprès de vous per-
» dre dans la foule ; je courus
» au magasin des costumes où
» j'endossai un habit de marquis
» ridicule , pour la valeur du-
» quel j'ai donné soixante francs,
» quoiqu'il n'en valût pas trente,

» y compris un masque de plâ-
» tre, qu'on me colla sur la figure.
» Enchanté néanmoins de mon
» travestissement, je courus dans
» la salle où je vous vis plu-
» sieurs fois, mais où très-peu
» de personnes firent attention
» à moi. De toute part on semblait
» me regarder avec pitié. Pour-
» tant un masque habillé en do-
» mino, et que je pris pour une
» femme, s'approche de moi,
» me donne le bras, m'examine,
» me retourne, engage la con-
» versation, et nous voilà cau-
» sant comme les meilleurs amis
» du monde. J'étais très-content
» de ma rencontre, et bien per-
» suadé que j'avais affaire à une
» aimable dame. Il était déjà

» tard, lorsque mon domino fut
» accosté par un autre masque
» qui lui demanda : Est-ce lui ?
» — Oui , sans doute. — En ce
» cas, garde-le bien , je cours où
» je suis attendu. — Ce que j'en-
» tendis là ne m'effraya pas. Je
» pensais au contraire tirer un
» excellent parti de l'erreur où
» l'on paraissait être. Mon do-
» mino m'engagea à aller chez
» lui ; j'acceptai , me croyant à
» coup sûr le héros d'une aven-
» ture galante. Nous sortons ;
» je connais si peu Paris, que
» je ne savais où j'allais. Après
» avoir marché quelque temps ,
» nous entrâmes dans une allée.
» Nous montons cinq étages, et là,
» entrant dans une pièce que mon

» domino ouvrit, il m'y déposa ;
» en me disant à voix basse : At-
» tendez-moi, ne faites pas de
» bruit, je vais chercher de la
» lumière, et je reviens bien-
» tôt. Il referma la porte à la
» clef. L'odeur désagréable que
» je sentis me fit croire que je
» n'étais point éloigné d'un lieu
» malpropre. Depuis une heure,
» j'étais immobile à la place où
» j'avais été déposé, et personne
» ne venait. L'espoir du plaisir
» soutenait ma patience. Une au-
» tre heure se passa encore sans
» que je fusse plus avancé ; alors
» la peur me prend, et je soup-
» çonne qu'on a sur moi d'affreux
» desseins. Je veux sortir ; mais
» je ne trouve pas la porte, et,

» en me remuant, je sens que je
» marche sur quelque chose de
» très-sale. J'étais dans une in-
» quiétude mortelle, quand le
» jour parut, et me fit voir, par
» une petite lucarne, que j'étais au
» milieu de l'ordure. J'ôtai mon
» masque que je brisai de colère.
» Que faire ? Je vis bien la porte ;
» mais elle était fermée à double
» tour. Je n'osais frapper ni ap-
» peler. A neuf heures, quelqu'un
» se présenta à la porte, et j'ai
» cru entendre qu'on était mé-
» content de ne pas la trouver
» ouverte. Cette personne des-
» cendit et revint bientôt avec une
» clef : elle ouvrit la porte, et,
» en m'apercevant, elle se mit
» à crier : Au voleur ! au voleur !

» Plusieurs autres individus ar-
» rivèrent des différens étages de
» la maison , et tous me battirent,
» m'insultèrent. En vain je dis
» la vérité, personne ne me croit ;
» on me saisit, on me conduit
» au corps-de-garde ; du corps-de-
» garde on me mène chez le com-
» missaire de police , qui était à
» déjeuner en ville , quand vingt
» personnes l'attendaient chez lui.
» Ce n'est qu'à une heure qu'il
» a pu m'entendre et se convain-
» cre que je n'étais point un vo-
» leur : il m'a renvoyé ; mais ,
» dans mon trouble , et dans l'état
» de souffrance où j'étais, je n'ai
» pu songer à prendre une voiture,
» et je suis revenu à pied jus-
» qu'ici , accompagné par la ca-

» naille. Voilà, sur ce fauteuil,
» le fâcheux habit à qui je dois
» cette détestable aventure, et je
» n'ose le reporter dans l'état où
» il est. J'ai donc été pris pour
» un autre ; pas de doute. J'ai été
» battu , hué , et il m'en coûte
» soixante francs pour ne m'être
» pas amusé ».

Adieu, mon cher Firmin ; Dieu
te garde des Perrot et des Lefèvre , et te conserve une bonne
santé.

AUGUSTIN.

LETTRE LV.ᵉ

D'AUGUSTIN A FIRMIN.

De Paris, le 25 Octobre 1818.

Enfin, mon bon ami, toutes les tracasseries du père Biscara sont au diable, dieu merci ! nous sommes maintenant les meilleurs amis du monde. Voilà ce que c'est que d'avoir été mal ensemble pendant quelque temps ! Dans quinze jours à trois semaines, j'espère que je serai son gendre. Marie-Anne sera ma femme !.... Oh ! comme je serai heureux ! tu le vois; avec du temps d'un côté, et de l'amour de l'autre, on arrive. Tu arriveras aussi, et dans quelque temps tu

m'apprendras que Perrot t'a laissé le champ libre, et que tu pourras l'emblaver. Surtout prenez
bien garde d'éventer la mèche de
cette comédie jouée à Perrot, dans
laquelle il faut qu'il fasse le gille
jusqu'au bout ! car vraiment si
cela se découvrait, il y aurait de
quoi en tomber du haut-mal pour
tout de bon.

Ce serait bien contrariant, si tu
ne pouvais être à mon mariage.
Je t'en prie, mon bon Augustin,
trouve un moyen de ne pas perdre l'occasion de t'avancer par le
travail dont tu es chargé, et pour
être ici des nôtres. Il me semble
que je serai plus heureux si tu es
là, si tu es près de moi. Quoique
je s⬛⬛s assez pressé, on ne pren-

dra de jour définitif, que celui que tu marqueras. Mais je t'en prie, ne me fais pas trop croquer le marmot, ni à ma petite Marie-Anne, dont les yeux bien éveillés n'ont pas l'air trop patiens. Dam ! le temps perdu ne revient jamais, et quand on est jeune, il ne faut pas rester les bras croisés. J'ai tellement envie de te voir, que je ne te conseille pas de prendre le coche pour venir; car ce serait, ma foi, bien du temps de perdu. Il y a maintenant tant de belles voitures, que les coches bientôt ne seront plus que des diligences à nourrices.

Mais en voit-on maintenant de ces nouvelles voitures ! il en passe ici de bien drôles ! c'est des

jumelles, où quelquefois il n'y a
qu'une personne dedans; c'est une
gondole bien commode, à ce que
dit le papier d'annonce; mais où
l'on a les genoux abîmés, faute de
pouvoir allonger les jambes; c'est le
courier de la malle, qui ne vous
donne pas le temps de manger;
mais la plus achalandée, dit-on,
est celle de Melun à Paris, parce
qu'elle parvient à heure fixe,
quelque temps qu'il fasse, quelque chose qu'il arrive. C'est si
vrai, qu'on raconte, pour preuve de son exactitude, que dernièrement cette voiture ayant été
versée, un instant après que le
dernier relai fut en marche, et la
caisse se trouvant séparée de l'a-
vant-train, le postillon, craignant

d'être réprimandé s'il n'arrivait
pas à l'heure dite , a continué sa
marche , emmenant seulement ,
avec lui, l'avant-train au bureau,
rue Saint-Paul , et laissant là les
voyageurs au milieu de la route.
C'est ça un service bien fait !

Mais défais-toi donc de cet em-
barrassant Lefèvre , et renvoie-
le à son père, comme il te l'a ex-
pédié.

Dis-moi donc comment tu t'ac-
commodes avec ce beau monsieur,
qui était à ton grand déjeuné, celui qui t'empruntait si souvent de
l'argent , et qui ne te le rendait
presque jamais ? il m'a paru être
un homme bien aimable, bien ci-
vil, que tout le monde entendait
causer avec plaisir. Je le préfère,

de beaucoup, à cet autre frétil-
lant qui parlait si haut, et si mal
à propos : là, un vrai piaillard,
comme on dit ici. Quand on parle tant, on doit dire bien des sottises. Si on mettait un impôt sur
les bavards, celui-là devrait bien
payer double taxe. Cela doit faire
un pauvre homme, et peut-être
bien jamais un ami.

Adieu, mon bon camarade ;
écris-moi que tu arrives bientôt,
et j'irai au devant de toi.

FIRMIN.

LETTRE LVIe

D'AUGUSTIN A FIRMIN.

Paris, ce 4 Novembre 1818.

J'AVAIS d'abord pensé qu'il me serait impossible d'obtenir un congé; mais je dois, à la bienveillance de mon chef, la permission du ministre pour m'absenter. Je pourrai partir de demain en quinze. J'arriverai le lendemain.

Je ne dois plus m'inquiéter comment je me débarrasserai du fils Lefèvre, car il a obtenu, pour sa ville même, un bel emploi qu'il ne pourra occuper, j'en suis assuré, par le défaut de capacité. Son père a trouvé, je ne sais

comment, le moyen de le faire
recommander à un homme puissant, qui, au bout de huit jours,
a fait obtenir à cet ignorant, une
place qu'un homme capable, un
père de famille aurait long-temps
et vainement sollicitée. Il part
dans quelques jours, et va porter
en province, une preuve parlante
que la sottise ici l'emporte souvent sur le mérite.

Tu sens bien qu'avant de quitter Paris, Lefèvre a voulu remon-
ter entièrement sa garde-robe,
afin de paraître avec avantage
dans sa petite ville. Comme bien
des gens, moins sots que lui
pourtant, il demande des conseils pour ne les suivre jamais. Je
lui avais donné celui de se faire
habiller

habiller modestement, de se placer entre la mise de province et
la mode de Paris; mais croirais-
tu qu'il a fait la sottise d'acheter
toute la défroque d'un officier
français, qui venait de prendre
sa retraite, homme beaucoup
plus grand que Lefèvre, et qui
n'aurait pas cru qu'un jour les habits d'un brave seraient endossés
par un sot. Il a fait cette acquisi-
tion, parce qu'il a la prétention
d'avoir la tournure militaire. C'est
le comble du ridicule ! lui, qui,
dit-on, pour se soustraire au recrutement de l'armée, mendia
des exemptions honteuses.

Perrot, l'éternel Perrot, semble toujours observer avec intention les démarches de mademoi-

II.   4

selle de Ramti, chez le père de
laquelle il vient avec la même as-
siduité. Rien n'annonce qu'il pense à faire retraite. Se douterait-il
de quelque chose ? Qu'attend-il
pour se prononcer ? S'amuse-t-il
à nos dépens, quand nous croyons
rire aux siens ? Je suis dans une
impatience, dans une inquiétude qui troublent mon repos! Que
tu es heureux, mon bon Firmin!
j'envie ton sort! Je ne me distrais
qu'en causant avec toi. Que les
apprêts de ton mariage, de ton
bonheur, ne me privent pas de
tes lettres...

Ce monsieur qui était à mon
grand déjeuné, dont les manières
polies et dont l'esprit aimable
t'ont fait plaisir, est vraiment un

garçon charmant, instruit et du meilleur ton possible, mais qui, malheureusement est dans un continuel embarras de finances, ce qui fait qu'on l'évite souvent malgré soi ; il doit à tout le monde, et ne rend à personne ; obligeant, bon ami, bon camarade ; ne se formalisant jamais d'un refus, revenant à la charge avec une grâce infinie ; poli avec ses créanciers, entreprenant vingt affaires plus ou moins importantes sans avoir le premier sou ; enfin on l'aime, on le fuit, on voudrait lui ressembler en beaucoup de choses et on se garde bien de l'imiter en une foule d'autres. Il vit ainsi depuis quinze ans, probablement il continuera. Quant à moi, je voudrais

4.

passer ma vie avec lui s'il était
affranchi de toutes ses dettes, et si
je pouvais l'empêcher d'en faire de
nouvelles. Oh! quelle différence,
comme tu l'as remarquée entre cet
aimable garçon et ce bruyant écer-
velé, homme à petits moyens,
brouillon, indiscret à l'excès, important sans mérite, se disant sans
cesse bon enfant et n'ayant jamais été bon camarade; tirant
parti du malheur d'autrui, se pi-
quant de créer parfois des mo-
des, d'avoir le bon ton et n'ayant
que des ridicules. De tels hommes
vus de trop près, dégoûteraient
de la société. Celui-ci on le voit
parce qu'on le craint. Il est assez
bien avec les chefs près desquels il rampe sans cesse, et pour

leur plaire, il est homme à sa-
crifier même celui qu'il appelle
son ami.

Va chez mon père, et assure
toute ma famille que je me porte
bien.

AUGUSTIN.

~~~~~~

LETTRE LVII.ᵉ

DE FIRMIN A AUGUSTIN.

De La Roche, ce 15 Novembre 1818.

D'APRÈS le jour pris par toi pour
ton arrivée ici, mon bon camarade, celui de mon mariage est ar-
rêté pour le huit de l'autre mois.
Arrive qui plante, je vais donc
tenir le bonheur! Je le garderai

long-temps, j'espère, et Marie-Anne m'aidera à le garrotter solide-
ment. Il ne peut pas te fuir non
plus, si tu te maries avec mademoiselle de Ramti, comme je le crois
bien. Mais ce diable de Perrot
ne remue donc pas encore? il a
tout l'air d'un homme qui a pris
l'émétique et à qui on n'en a pas
assez donné pour que cela lui fasse de l'effet. Est-ce qu'on ne pourrait pas lui en donner une seconde dose? tâche donc de m'appor-
ter la bonne nouvelle que tu en
es débarrassé.

Ah! voilà donc le fils Lefèvre
placé, ou plutôt déplacé, si, comme
tu dis, il est incapable de faire sa
place. Le voilà commis, et commis bon à rien. Mais il trouvera,

pour peu d'argent , un pauvre
père de famille qui fera sa beso-
gne , et tout en ne signant que
son nom , il fera le gros comme
s'il était capable.

Je t'embrasse bien et nous t'attendons. J'ai voulu embrasser Marie-Anne pour ton compte ; mais,
comme elle t'aime , elle voudrait
que tu fasses ta commission en
personne.

FIRMIN.

LETTRE LVIII.

D'AUGUSTIN A FIRMIN.

Paris, le 26 Novembre 1818.

JE pars après demain, mon bon Firmin, et dans trois jours, j'aurai eu le plaisir de t'embrasser. Je me fais une grande joie de revoir mes bons parens, et de passer quelques jours avec toi. Comme je serais heureux, si j'avais la certitude que Perrot abandonnât la partie! plus heureux encore, si M. de Ramti consentait à m'unir à ma chère Zoé! Espérons!

Adieu, mon bon Firmin. Nous nous serons vus peu de temps après la réception de cette lettre.

J'écris à mon père et à ma mère, pour les prévenir que, dans quelques jours, j'aurai le bonheur d'être près d'eux.

AUGUSTIN.

LETTRE LIX.

D'AUGUSTIN A FIRMIN.

Paris, le 11 Décembre 1818.

Nous voilà encore une fois séparés, mon bon ami! Il n'y a que peu de jours que je ne suis plus avec toi, et, pourtant, il me semble que des mois se sont écoulés depuis notre dernière entrevue. On dit que l'amitié rapproche les distances ; moi je dis, au contraire, qu'elle les étend.

4..

Pendant mon absence, Perrot a continué d'aller chez M. de Ramti; mais, pourtant, moins fréquemment. Ses instances sont moins vives; mademoiselle Zoé croit qu'il lutte avec lui-même, et qu'on peut espérer que bientôt il se décidera à quelque chose. M. de Ramti m'accueille toujours avec bonté, et son aimable fille me donne, chaque jour, des preuves du plus tendre intérêt. O Firmin! Firmin! qu'elle est aimable et belle, et que je serais, malheureux, si je n'unissais pas mon sort au sien!

Dans le trop court séjour que je viens de faire au sein de ma famille, et près de toi, quelle jouissance délicieuse j'ai éprouvée!

mais c'est surtout avec toi, mon
bon ami, que j'ai bien senti qu'u-
ne amitié, aussi forte que la nôtre
double le prix de toutes les jouis-
sances. Avec quelle satisfaction
nous nous sommes rappelé cette
foule de circonstances, qui, dans
notre jeunesse, a jeté les profondes
racines de l'amitié qui nous unira
toute la vie ! Je me souviens encore du tour que nous avons joué
au maître d'école, qui, en rentrant, un peu tard, du cabaret,
trouva sa porte murée avec des
briques que nous avions prises chez
mon père. Te rappelles-tu, comme moi, qu'un jour de Saint-Ni-
colas, je fus ton second pour
tenter de manger toutes les confi-
tures de ce pauvre magister, qui;

s'en doutant , nous prit sur le fait, et nous rossa d'importance. Mais comme nous nous en sommes vengés , en lui rétrécissant ses deux perruques , au point qu'il crut long-temps avoir la tête enflée! Nous avons pu revoir , bras dessus, bras dessous, tous les endroits qui furent témoins des jeux et des espiègleries de notre enfance ! Nous avons pu retrouver encore de ces vieux arbres, où, plus d'une fois, pendant l'orage, nous nous sommes mis à l'abri ensemble ! Nous nous sommes arrêtés sur cette place, où, déjà grands garçons, nous dansions le dimanche ; enfin , nous avons été à l'église, nous recueillir un instant, dans le banc commun à nos deux

familles , et où , souvent , nous
avons été assis près l'un de l'autre.
Tous ces souvenirs, mon bon Firmin , qui ont vécu dans notre
cœur , pourront , un jour , nous
consoler des maux de la vie. Combien aussi j'ai été sensible à l'ac-
cueil amical de mes anciens camarades , qui croyaient , m'ont-
ils dit, ne trouver , en moi , qu'un
monsieur de Paris , et qui ,
pourtant , malgré ce qu'en a dit
le maître d'école, est resté l'ami,
le camarade des compagnons de
son enfance ! Mon cœur jamais ne
changera.

Croirais-tu bien, et je n'ai pas
honte de l'avouer, que j'ai revu
aussi avec un bien grand plaisir
ce bon chien, si âgé, que la mort

semble l'avoir oublié, ce vieux
Jocsu est depuis dix-neuf ans dans
la famille; et mon père a toujours eu pour lui un grand attachement. Ce bon animal, vieillard
respectable dans son espèce, m'a
reconnu, et ses caresses, aussi
empressées que franches, m'ont
réellement attendri. C'est un bon
ami avec lequel j'ai vécu long-
temps en grande intimité, que j'ai
souvent, et malicieusement con-
trarié dans ma jeunesse; mais qui
jamais ne s'en fâcha, et qui pendant sa longue carrière n'eût que
deux défauts, la gourmandise et
la paresse, mais qu'il rachetait
toujours par une fidélité à toute
épreuve, par une douceur sans
pareille et par l'oubli total du mal

qu'on lui faisait ; est-il beaucoup
d'hommes qui offrent de semblables compensations ? Hélas ! j'ai
été obligé de vous quitter tous,
mes bons amis, et tu as dû voir,
mon cher Firmin , combien il
m'en a coûté en me séparant de
ma famille ; tu as dû voir encore
combien j'étais ému en m'éloi-
gnant du bourg, en me séparant
d'une foule de muets objets, qui
pourtant parlent à l'âme d'une manière bien sensible ; il a fallu aussi
que je me séparasse de toi , cher
Firmin , et dans le chagrin la parole m'a manqué comme je man-
querais encore d'expressions au-
jourd'hui pour te dire combien
je t'aime. Embrasse ta femme
pour moi , et ne cessez jamais

l'un et l'autre de me regarder comme votre meilleur ami.

AUGUSTIN.

***

LETTRE LX.

DE FIRMIN A AUGUSTIN.

De La Roche, le 23 Décembre 1818.

J'AI reçu ta lettre, mon bon camarade, qui me rappelle des temps où nous ne nous quittions pas; ce que tu me dis là-dessus, est allé tout droit trouver mon cœur, et le recensement que tu fais si bien de tout ce qui a eu lieu entre nous pendant notre jeunesse, prouve que tu n'oublieras jamais ton premier camarade. Combien il est fâcheux que tu n'aies pû rester davantage avec nous ! Ces huit jours - là ont passé comme un quart-d'heure de divertissement : chacun dit qu'on a fait que t'entrevoir.

Ha! tu as revu aussi une noce de village, et tu peux juger si ça vaut autant qu'une noce de ville. A Paris, c'est sûrement plus brillant qu'ici ; mais je défie bien que cela soit plus amusant; tout ici se divertit, les petits comme les grands, les vieux comme les jeunes, et puis l'année est bonne. Quand la cave et le grenier sont bien garnis, tout est à la gaîté. Si tu avais pu rester tout le carnaval avec nous, tu aurais vu plusieurs mariages de nos

jeunes garçons et de nos jeunes
filles. Tout le monde en veut de
ce mariage ! c'est si bon , sur-tout
chez nous, où toujours l'amitié
assemble les mariés ! ce n'est pas,
dit-on, de même à la ville que tu
habites.

Après ton départ, tout est rentré dans les habitudes ordinaires :
mon père a repris son comman-
dement en réglant les travaux de
chacun de nous, il n'a pas grand'-
peine à se faire obéir : ses enfans
sont ses serviteurs; aussi, comme il
les traite ! ah ! qu'un père est un
bon maître ! le nôtre ne dit jamais
durement : je veux ! mais avec
amitié, avec douceur il dit à l'un
et à l'autre : fais cela, garçon, et
tout se fait avec plaisir.

On t'a su bon gré ici d'avoir été
faire une visite à Rosette Cahia,
et même d'y avoir été le dimanche. Cela prouve à la fois ton bon
cœur, et donne l'exemple d'une
pitié qu'on doit toujours aux malheureux. Au surplus, Rosette se
conduit bien depuis son retour de
Paris. Une entorse bien guérie
n'empêche pas qu'on ne puisse
encore marcher droit. On a cru
long-temps qu'elle aurait bien de
la peine à se marier. Je crois que
c'est partout de même. On ne voit
pas volontiers beaucoup de garçons qui voudraient sciemment
prendre pour femme, une fille
qui... a fait parler d'elle. Malgré cela, je crois que Rosette ne
restera pas pour la façon de sa

mère ; car on parle d'un mariage
entre elle et un brave garçon,
qui fut sous-officier de hussards,
et qui porte ici le surnom de Ris-
que-tout. Tu sens bien que les
jaseurs et les méchans n'ont pas
manqué de lui apprendre chari-
tablement l'aventure de Rosette
avec le Bimblotier ; et tous, malgré cela, s'étonnaient de lui voir
prendre sa défense, et répondre :
Bah ! bah ! j'en ai vu bien d'autres ! Rosette, dit-il, a fait une
faute ; mais elle la réparera, en
devenant une bonne femme. Je ne
nomme personne ; mais j'en connais plus d'une, qui n'ont d'avantage sur elle que d'avoir trouvé
des hommes discrets. Si Rosette
veut, elle sera ma femme, et je

mettrai en rubans de queue les
oreilles de ceux qui le trouveront
mauvais.

Va! tous nos camarades, qui ne
t'oublieront jamais, parleront long-
temps du voyage que tu viens de
faire au pays. Tu as été si amical
avec eux, que, quand on se ras-
semble en repas, on boit toujours
à ta santé. Mon amitié en est toute fière.

Ce serait bien à tort que tu aurais honte d'avoir revu, avec plaisir, le chien de ton père. Cela a
beau être une bête, l'amitié qu'il
t'a montrée, après trois ans d'absence, n'est pas à dédaigner ; et
les caresses d'un chien sont, quelquefois, plus sincères que celles
de certaines personnes, qui, si

elles ne mordent pas devant tout le monde, vous font souvent bien du mal en arrière de vous.

Mon beau-père est bien satis-fait de toi ; non pas seulement à cause du plaisir que tu lui as fait de parler pour lui au sous-préfet ; mais plus encore, dit-il, parce que la ville ne t'a point changé le ca-ractère ; que tu as bien parlé à tes anciens camarades, et que tu n'as pas des idées comme en avaient autrefois bien des messieurs de la ville, et des riches de la campa-gne, qui semblaient mépriser les villageois, comme s'ils n'avaient pas été des hommes, leurs sem-blables. Si tu veux toujours être bien avec le père Biscara, tiens-lui parole, et envoie-lui le plus

de journaux que tu pourras : la
date n'y fait rien ; pourvu qu'il y
ait du *pour* et du *contre*, parce
que celui, dit-il, qui n'entend
qu'une cloche, ne peut pas bien
savoir quel est l'office du jour.
Le dimanche, il aime à jaser des
affaires du temps. Comme bien
d'autres, il met à gauche, en causant de tout cela ; mais rien n'empêche qu'il n'ait le cœur droit.
C'est un brave homme, qui voudrait que tout le monde fût content ; qui n'aime pas ceux qui
voudraient que tout fût d'un côté et rien de l'autre, comme autrefois. Oh ! là-dessus, il est entêté. Il n'est pas, cependant, de
l'avis de certaines gens, qui voudraient que tout retourne comme

il y a cinq à six ans ; par exemple,
comme un vieux sapeur, qui est
tisserand ici , qui voudrait qu'on
fortifie le village , et que M. le
curé dise la messe en uniforme.

J'attends bien vite de tes nouvelles, pour savoir quel chemin
Perrot aura pris pour faire sa retraite.

Adieu, mon bon ami. Ma femme et moi, nous t'embrassons.

FIRMIN.

LETTRE

LETTRE LXI.ᵉ

D'AUGUSTIN A FIRMIN.

Paris, le 17 Janvier 1819.

Mon bon-ami Perrot, sans s'être expliqué d'une manière bien positive, tient une conduite qui me donne de grandes espérances. Nous savons qu'il recherche une autre demoiselle. Puisse-t-il lui plaire, en être aimé, et devenir heureux avec elle ! Voilà tout le mal que je lui souhaite, pour les tourmens qu'il m'aura causés. Nous savons aussi, par mon ami le fils de M. de Ramti, que ses parens seraient enchantés que

II.   5

M. Perrot père retirât sa parole.

Quant à toi, mon cher Firmin,
te voilà heureux, et tu le mérites
bien. Je suis loin d'être aussi
avancé que toi. Combien le spectacle de ton mariage m'a fait
envier ton bonheur! Quelle réunion naïve, gaie, touchante! Tous
les plaisirs étaient rassemblés au
tour de vous. Ces noces, apprê-
tées ici par l'opulence et l'étiquet-
te, ne vaudront jamais celles du
village, où tout le monde en habits des dimanches, un bouquet
au côté, un violon à leur tête, ac-
compagne, à l'église, les deux
amans, qui bientôt seront heureux époux. Oh! comme tu pa-
raissais content, en regardant

Marie-Anne, faite au tour, qui,
déjà belle sans parure, l'était encore davantage en habit de noces.
Je contemplais sans cesse tous ces
braves gens animés par le plaisir;
et en le partageant, je soupirais
après le bonheur d'être, ainsi que
toi, réuni à l'amie de mon cœur.

Si je compare cette noce simple, mais pourtant bien aimable,
à celle où je fus dernièrement ici:
quelle différence j'y trouve pour
le cœur! Ecoutes-en les détails.

Un ami de mon parrain, qui
mariait sa fille, m'invita, moi
millième peut-être, à être le témoin de la célébration du mariage. Le défaut d'ordre dans la marche des voitures ayant fait naître
la confusion, il en est résulté que

5.

celle où était la mariée , resta une
grande heure à la même place, et
que cette jeune personne se trouvant transie de froid, et tourmen-
tée d'impatience , éprouva un
grand mal-aise; on la descendit
chez un apothicaire qui lui donna
quelques gouttes spiritueuses, dont
elle se trouva bien. Arrivée enfin
à l'église avec les personnes qui
l'accompagnaient , on ne trouva
plus le futur, qui, s'impatientant
de son côté, prit un cabriolet de place et courut au domicile du père
de sa future, savoir le motif du
retard. Il revint une heure après ;
mais les parens, indispensables
pour la célébration, étaient alors
dispersés. La mère de la mariée
se chauffait les pieds chez un cor-

donnier qui lui demandait sa pra-
tique; le père du futur était chez
le restaurateur, où, fort à son aise,
il mangeait une côtelette; le curé
qui était à jeûn montrait visible-
ment de l'humeur; le suisse, comme grand maître de cérémonies, en
mauvais italien jurait saintement
entre ses dents; deux malins petits enfans de chœur, morfondus
de froid, pour se réchauffer, faisaient fondre un cierge en ca-
chette du suisse, leur ennemi juré;
le bedeau, à qui on avait remis d'a-
vance l'anneau conjugal, assistait
à un baptême où son droit de présence le retenait. Enfin, après trois
heures d'attente, la célébration
se fit, et toutes les cérémonies religieuses étant achevées, on se

rassembla de nouveau chez le père du marié, où le repas le plus magnifique attendait une société nombreuse. Tout était froid, comme c'est l'usage dans les grandes réunions. Le soir, il y eut grand bal; les personnes affluaient de tous côtés; dans l'intérieur des sallons on étouffait de chaleur, et ceux qui étaient près des portes étaient glacés de froid ; c'était une cohue, dont on vit rarement d'exemple, et la foule était si considérable qu'au milieu des agitations un père fut séparé de sa fille toute la soirée, et qu'un mari n'a pu rejoindre sa femme que le lendemain matin. Un accident terrible vint mettre le comble au désordre. Un perroquet, auquel

le maître de la maison était très-
attaché , venait de disparaître ;
tous les domestiques et les amis
du maître du logis se mettent à la
recherche de l'oiseau chéri : on
va, on vient , on parcourt tous
les bosquets mystérieux , on agite
les charmilles, on visite la salle
des maronniers, on bat le bois
des rosiers, on traque tous les
potagers; enfin, à la lueur des
flambeaux et des torches , on trouve l'infortuné *jacquot ;* mais, hélas! noyé dans le bassin où le
cadavre du pauvre fugitif gisait
sur la surface de l'eau. Cette fin
malheureuse et tragique de l'ami
du maître de la maison devint le
signal du départ de toute la société.
Au vestiaire, où chacun voulait

être servi le premier, régnait aussi
le plus grand désordre; on s'y
disputait pour avoir son schall, ou
son garrick. Le vent des événemens, qui soufflait de tous côtés, semblait conjurer contre cette
journeé; car dans la soirée, tandis
que les plaisirs étaient en grand
feu, la gelée ayant succédé à la
pluie, il y eut en deux heures un
verglas considérable. Peu de personnes voulaient s'exposer à sortir; l'ordre d'éteindre les lumières
était donné et s'exécutait de toutes parts; on manquait de voiture,
on restait malgré soi et presque
dans l'obscurité: beaucoup de personnes se plaignaient, d'autres
riaient du brouhaha, du désordre; les dames étaient saisies de

froid, et plusieurs regrettaient les frais d'une toilette qui occupa des jours entiers pour ne briller qu'un moment. Un tour perfide, et dont pourtant on aurait bien pu se garantir, car on devait à coup-sûr s'y attendre, c'est le jour que rien n'arrête, et qui, commençant à se montrer, fit tout braver. Telle dame, qui put paraître avec succès aux lumières, craint souvent le grand jour, sur-tout dans le pompeux appareil d'une grande toilette. Chacun s'en alla donc comme il lui fut possible, maudissant les grandes réunions et envoyant le perroquet à tous les diables.

Mon pauvre ami Athier vient d'éprouver une disgrâce inouïe ! il a perdu sa place ! Je le plains

5..

de toute mon âme, et sa position
m'afflige beaucoup. Il serait trop
long, et, d'ailleurs, peu intéres-
sant pour toi de t'apprendre,
en détail, les motifs de sa disgrâce. Aimé et protégé par un
homme qui occupa plusieurs an-
nées un emploi éminent, il en
reçut des faveurs affectées sur
l'administration à laquelle il était
attaché. Le protecteur d'Athier,
lancé dans une carrière encore
plus élevée, un autre lui succéda
dans l'administration qu'il aban-
donnait ; et cet autre n'approuva
pas les immunités de son prédé-
cesseur. De-là naît tout le malheur de mon ami ; et, depuis cet
événement, il a vu s'éloigner de
lui une foule de gens qui, jadis,

le recherchaient. Il n'était plus
heureux, on l'a abandonné.
Quoique bon, Athier avait des
ennemis. Eh! qui n'en a pas! son
caractère, sa gaîté excitaient l'envie de ceux qui ne pouvaient l'i-
miter. J'ai vu blâmer, en lui, des
agrémens qu'on aurait voulu pos-
séder. Un très-petit nombre d'a-
mis lui sont restés fidèles. Il part
incessamment pour l'Italie, où il
rejoint un ami qui lui assure,
en arrivant, un bel emploi.

Par le fils de la mère Robi-
chon, que j'ai trouvé sur le Port
aux vins, j'envoie, à ton beau-
père, une assez grande quantité
de journaux, que j'ai trouvés chez
mon parrain; et j'aurai soin de
l'en approvisionner de manière à

ce qu'il puisse, le dimanche, faire
sa partie de politique avec le maître d'école, qui veut, à toute force, savoir arranger les affaires
publiques, quand il n'a jamais su
mettre de l'ordre dans les siennes.
C'est aussi la manie de beaucoup
de monde en cette ville.

Je t'embrasse, mon cher Firmin, et j'envie ton bonheur.

AUGUSTIN.

LETTRE LXII.ᵉ

DE FIRMIN A AUGUSTIN.

La Roche, le 1ᵉʳ. Février 1819.

La défaveur de ton ami m'inquiète pour toi. Mais ! une place
de commis, ça ne tient donc guè-

res qu'à une épingle ? Quand je
serais en état d'en remplir une,
je n'en voudrais pas pour rien.
J'aurais autant d'enfans qu'il y a
de semaines dans l'année, qu'il
n'y en aurait pas un qui travaille de la plume dans un bureau
d'administration. La terre est là
pour nourrir tous les hommes.
Elle est bienfaisante, et rend toujours plus qu'on ne lui donne. Les
hommes ne sont pas de même !
Mais je ne reviens pas que tant de
gens aient abandonné ce brave
garçon, parce qu'il était malheureux ! Je suis bien content que tu
ne sois pas du nombre. L'amitié
qu'on lui montrait, n'était donc
pas sincère ? il y croyait pourtant !
Voilà comme les plus fins y sont
pris ! Oh ! chez nous, cela aurait

été tout à rebours. En le voyant dans le malheur, on l'aurait secouru. Il y a de la gloire, ce me semble, à tendre la main à quelqu'un qu'on appelle son ami, et qui se trouve dans l'infortune. Il paraît qu'il a reconnu bien des gens qui lui ont dit : Comptez sur nous, quand vous n'aurez besoin de rien. Je suis satisfait que ce brave monsieur soit replacé en Italie. Mais il y va encore être commis, et je trouve que ce n'est pas un état. On y travaille bien peu, à la vérité ; mais j'aime mieux suer à faire venir du blé, que d'être exposé, chaque jour, à mourir de faim.

Voilà donc Perrot qui commence à remuer ; c'est heureux ! je vois d'ici le temps qui se met au beau pour toi : encore quelques jours, et j'espère qu'il fera grand soleil. Perrot aura eu peur que Mlle. Zoé, en devenant sa femme, ne le morde dans une attaque, et ne lui donne un jour des petits enfans qui lui feraient des grimaces, comme il suppose que la mère en aurait fait.

Le fils Lambert, qui avait suivi cette belle dame à Paris, va se marier, et sa sottise n'empêche pas qu'il ne fasse un bon mariage avec la fille du père Guinodot, une des plus aisées et des plus gentilles de la paroisse. Il est plus heureux que cette pauvre Rosette Cahia, qui, pour s'être un peu écartée du bon chemin, serait devenue sèche comme un chardon, plutôt que de trouver un garçon qui la prenne pour femme, si le garde champêtre ne se fût trouvé là pour l'empêcher de mourir fille.

Comme Lambert a aussi été à Paris, on nous appelle les deux menteurs, parce que, comme moi, il raconte ce qu'il a vu, et qu'on ne nous croit ni l'un ni l'autre : encore dimanche, je racontais à plusieurs la pièce d'opéra que j'ai été voir avec toi, la Caravane, je crois, ou la Halle aux femmes. Ils ne peuvent pas s'imaginer qu'il existe un pays dans le monde où il y ait des marchands de femmes et comment on peut trouver des hommes qui en achètent. Ce n'est pas l'embarras, disait le père Grégoire, il y a de bonnes femmes, mais comment s'assurer de la qualité en les achetant ? cela ne peut

se voir ni à la dent ni à l'œil; il
faut en user. Et puis, disait un
autre, pourquoi en prendre plusieurs? une seule, quand elle ne
vaut rien, c'est beaucoup de trop,
et quand elle est bonne, c'est assez pour être heureux. D'ailleurs
ces Turcs, tant forts sont-ils, ne
sont toujours que des hommes;
et une femme, tant faible soit-elle,
lassera, sans se fatiguer, l'homme
le mieux conditionné du monde.
Je leur disais que c'était l'usage
dans le pays des Turcs; mais,
bah! répondaient-ils, il n'y a pas
d'usage qui puisse habituer des
jeunes femmes, car bien sûr on
n'en vend pas de vieilles, à presque
mourir de faim sur un article, où
elles ont toujours assez bon appétit.

Quant à moi, l'acteur qui m'a semblé chanter le mieux, c'est celui qui était quasiment habillé comme un grand enfant de chœur de cathédrale, et qui, pour désennuyer le maître des turcs, lui chantait le *Papillon volage*. Ah! quelle jolie voix! il me semblait entendre le rossignol dans la forêt. Après lui, c'est le maquignon des femmes qui a le mieux chanté: seulement on disait à côté de moi qu'il tournait un peu trop la bouche; chantait-il fort! j'avais toujours peur qu'il ne se casse quelque chose dans le gosier. Pour les danseurs, sais-tu bien qu'il y en a qui restent presque en l'air, et d'autres dont les yeux peuvent à peine suivre les trépignemens! Quant aux

femmes, peu s'en faut qu'elles ne
soient toutes nues ; cela peut plaire à l'œil de certaines gens, mais
je crois que cela doit déplaire à la
réfléxion de tous : chez soi on peut
s'habiller comme on veut ; mais en
public les femmes devraient toujours être honnêtement arrangées :
j'ai vu qu'à Paris c'était tout le
contraire.

Pour les chameaux, je n'y aurais rien compris du tout, si tu ne
m'avais pas expliqué que c'était
deux hommes qui faisaient la bête.

Je leur ai aussi raconté les
Montagnes Russes, où bien des
personnes, en moins de deux minutes, peuvent se rompre le cou,
comme c'est déjà arrivé. Que de
gens, qui, entre la vie et la mort,

courent à se casser les jambes , et
qui n'iraient pas à un quart de
lieue pour soulager quelqu'un !
Que de femmes qui ont peur
d'une arraignée , et qui ne trem-
blent point devant un précipice !

Notre maître d'école vient de
mourir. Je voudrais bien que celui qui le remplacera ait aussi du
goût pour les affaires du temps ,
afin que le père Biscara ne soit
pas sans avoir quelqu'un le dimanche avec qui disputer. Moi ,
sur cet article-là , je ne pourrais
pas être son homme; car je ne
suis pas du sentiment de ceux qui
causent beaucoup de ce qu'ils n'en-
tendent pas bien , et souvent de
ce qui ne les regarde pas. Ah !
que le défunt lui convenait bien

pour cela ! ils se plaisaient tant ensemble ! quoiqu'ils étaient toujours en querelle sur les affaires du
temps ! vraiment c'était curieux
de les entendre. Mon beau-père
n'était jamais très-sûr de ce qu'il
voulait. Regrettant toujours le
passé, aimant assez le présent et
craignant des changemens pour
l'avenir ; mais cédant tout de suite à celui qui parle plus haut que
lui, et enrageant tout bas d'avoir
cédé. Le maître d'école était encore plus amusant que mon beau-
père ; car le brave homme parlait
si vite, et de tant de choses à la
fois, qu'il ne s'y reconnaissait plus.
Souvent il demandait au père Biscara : voisin, qu'est-ce que je vous
lais donc dire ? et le voisin n'en

savait pas plus que lui. C'était un
honnête homme, mais mon père
assure qu'à force de vouloir rendre
tout meilleur, il aurait tout gâté, s'il
avait été le maître de faire quelque chose. Il disait un jour que
s'il était Roi, il voudrait que tout
le monde jouisse de mille écus de
rente et pas davantage ; qu'il en
avait fait le calcul, et que c'était
possible. Pendant la maladie dont
il est mort, son lit était couvert de
journaux, et il ne consentait à
prendre un remède qu'autant que
le chirurgien lui parlait politique.
Un instant avant de finir, se sen-
tant bien mourir, il demandait en
grâce qu'on lui apprenne encore
une nouvelle ; le chirurgien entra,
et lui ayant annoncé le départ des

alliés, le brave homme en est
mort de joie. Bien des gens le re-
gretteront; malgré ses défauts, il
avait du bon. Il faut lui rendre justice, il aimait sa femme par dessus toute chose; mais je crois qu'il
aimait encore le cabaret par dessus sa femme.

Adieu, Augustin; je t'embrasse
de tout mon cœur.

FIRMIN.

~~~~~~

LETTRE LXIII.ᵉ

D'AUGUSTIN A FIRMIN.

Paris, le 20 Février 1819.

L'ESPOIR d'être débarrassé de
Perrot s'accroît chaque jour. Il va
moins souvent chez M. de Ramti,
qui déjà a été pressenti sur une
rupture à laquelle je sais qu'il ne
se refuserait pas, dès qu'elle sera convenablement proposée. Toute trompeuse qu'est souvent l'es-
pérance, je m'y abandonne cependant ; si elle m'abuse, j'aurai
toujours eu la satisfaction de m'ê-
tre flatté.

Si tous les hommes te resem-
blaient

blaient, mon ami Athier avant de partir pour l'Italie, n'aurait pas eu la preuve que ce maudit bavard avec lequel tu as déjeuné chez moi, n'était rien moins que son ami. Il pouvait lui rendre un service ; non seulement il s'y est refusé, mais c'est qu'il a empêché qu'un autre ne le rendît. Voilà ce que les méchans et les ingrats appellent de l'équité.

J'ai passé hier la soirée avec cet honnête M.r Dumont. Par exemple, il n'est pas de ceux qui abandonnent leurs amis dans le malheur : aussi est-il resté fidèle au pauvre Athier , qui compte encore quelques hommes qui lui sont bien dévoués. Certes, il

II.   6

doit s'estimer heureux sous ce rapport, car dans le naufrage qu'il vient de faire, c'est sauver la cassette contenant les diamans que d'avoir conservé quelques vrais amis. Il part demain pour l'Italie. Il a un bon cœur, et si sa gaîté lui revient, je crains que, chez l'étranger comme dans son pays, ces deux qualités ne l'exposent de nouveau à quelques malheurs. Jamais tu n'aurais pensé que la bonté, que la gaîté pouvaient conduire souvent à de fâcheux résultats ! L'envie s'attache à ceux qui en sont doués ; elle applaudit ironiquement à leurs succès ; la jalousie, qui dissimule son dépit, rit du bout des lèvres, et vante

leur amabilité ; l'hypocrisie, plus
fausse encore que l'envie et la jalousie , flatte leur amour-propre,
les lancent au-delà du but, et leur
offre la coupe enchantée des plaisirs, où souvent leur raison s'eni-
vre. C'est alors que la troupe
infernale se réunit pour distiller
son fiel empoisonné sur la bonté trop crédule , sur la trop facile gaîté , et sur l'amour-propre
irréfléchi. L'expérience, j'espère,
préservera Athier de nouveaux
écueils, et , pour être moins re-
cherché dans la société, il n'en
sera que plus heureux.

Je connais ici un homme qui
vous conviendrait bien pour maître d'école; mais il ne sait pas

6.

chanter au lutrin. Pourrait-on le dispenser de ce service?

Mes amitiés à ta femme. Ton ami.

AUGUSTIN.

LETTRE LXIV.

DE FIRMIN A AUGUSTIN.

De La Roche, le 10 Mars 1819.

ENFIN Perrot va donc quitter la partie! Mais ton pauvre ami Athier ne jouira pas de la ruse qu'il a inventée pour vous en débarrasser, puisqu'il est parti pour l'Italie, d'où je voudrais le voir

revenir avec un bon Saint-Frus-
quin, pour faire la nique à tous
ceux qui ce sont éloignés de lui!
Ah! je l'avais bien dit, que ton
vilain bavard ne pouvait pas être
un bon sujet. Sans être bien fin,
j'ai vu de suite qu'il n'y avait pas
dans ce cadet-là, de l'étoffe à faire un ami. Quoi! il a refusé de
servir ce pauvre monsieur? Pourquoi s'être adressé à lui? les mauvaises gens sont contens qu'on
vienne à eux, pour avoir le plaisir de refuser doucereusement en
face, et de pouvoir nuire forte-
ment en dessous main.

Parle-moi de M. Dumont! je
voudrais ne te voir des amis que
de ce bois-là: il n'y a pas d'au-
bier là-dedans! Je n'aurais pas cru

qu'un homme aussi tranquille, et
d'ailleurs un peu sourd, se serait
amusé à aller, comme tu dis, passer la soirée quelque part, surtout
si c'est une soirée comme celle où
tu m'as mené chez ton parrain,
où, pendant trois heures d'horlo-
ge, on a joué à des petits jeux innocens. Ah! je m'en rappellerai
long-temps; c'est une vraie lan-
terne magique, que tu m'as fait
voir là. Comme on ne se méfiait
pas de moi, et que j'étais, pour
ainsi dire, caché dans un coin,
dam! j'en ai vu de belles. Les
amitiés des uns, les brouilles des
autres, des chuchotages, des pé-
nitences de toutes façons, dont
personne n'était fâché. Quels drôles de jeux innocens! Là! sans

vouloir mal parler de notre prochain, conviens pourtant, mon
bon Augustin, que les divertissemens de chez nous, tels que la
main-chaude, les devinottes et
quelques chansons pour danser
en rond, sont plus honnêtes que
tous ces jeux innocens qui ne le
sont pas du tout. Vos jeunes gens
et vos demoiselles de ville se parlent et se caressent avec un peu
trop de familiarité. On a beau être
honnête, quand on jase de si
près, le démon n'est pas loin, et
on..... se damne bien vite.

J'ai parlé, à M. notre curé, du
maître d'école que tu crois pouvoir convenir à la paroisse. Il t'é-
crira là-dessus. Je ne sais pas ce
qu'est ton homme ; mais à moins

que d'en faire un exprès, je crois
qu'il serait bien difficile d'en trouver un comme il faut. D'abord,
chez nous, il n'y a pas moyen de
se dispenser de chanter au lutrin.
Peu ou beaucoup, il faut chanter
dimanches et fêtes pour les vivans, et de temps en temps, dans
la semaine, pour les morts ; pour
plaire à tout le monde, il faudrait
un homme ni trop vieux ni trop
jeune, qui ait une bonne mine, et
qui soit assez grand, car celui qui
vient de mourir, était, comme tu
sais, petit et laid : aussi, cela a toujours empêché qu'on ne le respecte. On ne se fait pas soi-même,
je le sais ; mais quand on est pour
paraître en public, il faudrait toujours être un assez bel homme,

sans quoi on est sans cesse exposé
à la moquerie. Mais le plus difficile, peut-être, c'est de trouver
un maître d'école qui n'aime pas
trop à boire. C'est une profession
où l'on a souvent le bras droit
plus élevé que le bras gauche. Celui qui vient de mourir, se gri-
sait d'obligation, tout seul, deux
fois par semaine, et le dimanche,
avec le premier venu. Nous ne vou-
drions pas un buveur d'eau, cela
fait trop le savant; et nous ne vou-
drions pas non plus un homme
qui fût trop altéré. Il nous faudrait
surtout un homme bien capable
de montrer aux enfans ; un homme doux, sans faiblesse avec les
uns ; sévère, sans être trop rigou-
reux, avec les autres, et juste avec

6..

tous ; un homme qui sache cultiver un enfant, suivant le terrain
de son caractère ; un homme qui
n'aille pas vouloir greffer une instruction trop forte sur un enfant
trop faible ; un homme qui apprenne aux enfans, à respecter
leurs parens; et pour cela, il faut
que, par sa conduite, lui-même
il se fasse respecter de tout l'endroit ; là, enfin, un homme qui
soit en même temps populaire et
un peu orgueilleux. S'il était marié, cela n'en vaudrait que mieux,
car il n'est rien tel qu'une femme
pour élever les petites filles. Il y
a des choses, à leur égard, aux-
quelles un homme ne pensera jamais, et qu'il faut bien leur apprendre. Crois-tu que l'homme

que tu as en vue puisse faire
tout cela ? Dam ! c'est que je
m'intéresse maintenant à la po-
pulation qui va nous pousser.
Marie-Anne et moi, n'allons pas
trop nous tenir les bras croisés ;
et les petites grimaces qu'elle fait
depuis quelque temps n'annon-
cent pas la fin du monde dans
notre famille.

Je t'embrasse de tout cœur.

FIRMIN.

LETTRE LXV.*

D'AUGUSTIN A FIRMIN.

Paris, le 28 Mars 1819.

ENFIN, mon bon-ami, tout est rompu entre M. de Ramti et M. Perrot, qui, sous le prétexte que son fils était de l'âge du recrutement, a fort obligeamment demandé à M. de Ramti d'annuler les paroles qui furent données de part et d'autre. Tout a été accepté, tout a été dissous sans aigreur, et depuis huit jours, Perrot n'a paru ici qu'une fois. J'espère que bientôt nous ne le verrons plus. Ah! je respire pourtant, et je crois voir enfin se lever, pour moi, le jour du bonheur. Mon cher Firmin, tu ne saurais concevoir toute ma joie!

Ton sincère ami.

AUGUSTIN.

LETTRE LXVIe

DE FIRMIN A AUGUSTIN.

De La Roche, le 11 Avril 1819.

LE soleil luit donc tout-à-fait pour toi, mon cher Augustin. Dieu soit loué et béni, et que le diable emporte tous les Perrots du monde! Maintenant que le conscrit de Perrot ne monte plus la garde chez M. de Ramti, j'espè-

re que tu vas te dépêcher de faire
la demande de sa fille, afin qu'un
autre ne vienne pas encore te
donner du fil à retordre. Puisque
mademoiselle Zoé te veut bien ,
et que le père a de l'amitié pour
toi, ton affaire, ce me semble,
doit aller tout droit d'elle-même.
Mais pourtant , il faudrait mander tes intentions de mariage à
ton père et à ta mère ; car, quoiqu'ils ne te refuseront pas leur
consentement, il faut néanmoins
leur demander. Ce sont tes plus
proches parens. Tu aurais dû ,
lors de ton voyage, leur parler
de la recherche que tu faisais de
mademoiselle Zoé : c'était mon
avis ; mais tu n'as pas voulu. Tu
as encore tremblé vis-à-vis de ton

père, comme tu trembles auprès de M. de Ramti. Mais si tu te maries, il ne faudra pourtant pas toujours trembler comme ça! Ecris-moi bien vite que tu as parlé à M. de Ramti, et apprends-moi que tout est arrangé. Je voudrais déjà te savoir aussi heureux que moi.

Tu apprendras avec peine, j'en suis certain, que M. Bourcier l'architecte, vient de perdre sa femme, qui, huit jours avant sa mort, était bien grasse et bien portante. Ce que c'est que de nous! Il y a huit ans, comme tu sais, qu'elle était devenue muette à la suite d'une querelle avec son mari; mais depuis ce temps-là, c'était bien le ménage le plus uni qu'on puisse

voir. Fiez-vous donc aux appa-
rences ! N'aurait-on pas cru que
la femme aurait enterré vingt
hommes comme le sien , car on
ne vit jamais rien de si maigre,
de si chétif, et comme la dit notre petit tailleur gascon : dans l'é-
té , quand M. Bourcier est en
habit chiné, et qu'il est tranquille,
on pourrait le prendre pour un
grand parapluie ployé. Eh bien !
malgré qu'il soit aussi émincé,
c'est toujours le chasseur le plus
déterminé. La pluie , la grêle , le
froid et le chaud : rien ne l'arrête.
Quand il n'est point à la chasse,
à peine s'il peut mettre un pied
l'un devant l'autre ; mais dans les
champs c'est un chien. Ah ! quel
homme ! M. le curé a été bien

mécontent de lui le jour de l'en-
terrement de sa femme , car en
l'accompagnant au cimetière, qui
est maintenant à cinquante toises
du village , un lièvre lui étant
passé entre les jambes, il s'est mis
à courir après , excitant, son lé-
vrier, qui ne le quitte jamais, à l'i-
miter , et le voilà laissant là le
convoi qu'il n'a rejoint qu'en revenant avec son chien qui a rap-
porté la pièce de gibier. Faut-il
bien aimer la chasse pour s'en
occuper dans un pareil moment !

Ma femme et moi, nous t'embrassons bien amicalement.

FIRMIN.

~~~~~~

LETTRE LXVII.

D'AUGUSTIN A FIRMIN.

De Paris, le 22 Mai 1819.

Oui, mon ami, j'ai parlé à M. de Ramti, et mon parrain a fait pour moi la demande de sa charmante demoiselle. Actuellement la bienséance exige que mon mariage ne soit annoncé que dans six semaines. Je vais écrire à mon père et à ma mère pour avoir leur consentement, et une note de ce qu'ils peuvent me donner en mariage.

Oh! oui, je voudrais être heureux comme toi. J'espère l'être bientôt, et comme toi, près d'une femme adorée, il ne manquera rien à ma félicité, que de nous voir réunis. Un jour, peut-être, réaliserons - nous ce rêve du par-fait bonheur, ce désir formé par la plus sincère et la plus ardente amitié.

Depuis long-temps, je n'avais éprouvé, comme hier, le doux plaisir de passer toute une soirée avec mademoiselle Zoé. J'ai été invité d'un bal charmant, où elle me semblait la plus belle de tou-tes les femmes que le plaisir, la toilette et la coquetterie avaient rassemblées dans un immense sa-lon. A travers sa modestie, j'ai bien vu qu'elle partageait tous le plaisir que je ressentais.

Non , l'homme auquel j'avais
pensé pour être votre maître d'é-
cole , ne saurait convenir à la paroisse ; ce n'est pas qu'il manque
d'instruction et de qualités essen-
tielles ; mais il n'aurait jamais voulu chanter ni pour les morts ni pour
les vivans. Au surplus , c'est un
petit homme boiteux , qui bégaye
un peu , et dont , peut - être ,
les enfans auraient eu bien de
la peine à ne pas se moquer.
Comme toi , je pense qu'un homme destiné à remplir des fonctions
publiques , doit , autant que possible , réunir à une capacité con-
venable , un maintien assuré , et
une figure agréable. Au surplus ,
l'homme dont je t'avais parlé , vient
d'être placé dans un bureau de

loterie, où il importe peu au genre de public qui recherche la fortune, de la tenir d'un homme qui
boite, qui bégaye, ou qui n'est
pas beau.

Je t'embrasse bien, mon cher
Firmin, ainsi que ta bonne
femme.

AUGUSTIN.

LETTRE LXVIII.*

DE FIRMIN A AUGUSTIN.

De La Roche, 30 Juin 1819.

ALLONS ! bon ! voilà que tu as la parole du père, comme tu as celle du cœur de la demoiselle. C'est à merveille ! Tu vois bien qu'il est des momens dans la vie, où il est bon de mener les affaires au galop. Toi, tu ne voulais aller qu'au pas ; et si le fils Perrot n'avait pas demandé son congé, je crois qu'il ne te serait resté qu'à prendre le mors aux dents, pour aller te noyer de dépit.

Ah ! oui, tu seras heureux, quand tu auras, comme moi, une

bonne petite femme qui me voit
tous les jours sortir avec peine,
mais aussi qui me voit toujours
rentrer avec plaisir ! C'est comme
ça dans les bons ménages. Une
femme qui bientôt me rendra père d'un petit marmot, que nous
aimerons à qui mieux mieux; une
femme qui, si on est malade, a
tant soin de vous, qu'on serait
quasiment tenté de l'être toujours,
si, en bonne santé, on n'avait pas
encore de meilleurs moyens de se
prouver qu'on s'aime bien. Nous
avons du mal, parce qu'il faut
travailler fort dans notre état;
mais on sait bien aussi que, dans
un nouveau ménage, les commen-
cemens sont toujours durs. Eh
bien! nous travaillerons ferme!

Je me fais bien une idée du
grand bal où tu as été avec mademoiselle Zoé, en me rappelant
celui où tu m'as fait aller l'avant-
veille de mon départ de Paris, et
où je me serais sûrement bien en-
nuyé, sans ce brave M. Dumont
qui m'a tenu compagnie ; et où,
grâce aux habits que tu m'avais
encore prêtés cette fois-là, on ne
s'est pas moqué de moi. Qui a vu
un de ces bals, peut dire qu'il en
a vu cent. A celui où j'ai été,
rien ne m'a autant étonné, que
de voir les femmes la gorge presque découverte. Si c'est la mode,
elle n'est pas belle, ni honnête,
ni satisfaisante, à la longue, pour
les femmes, parce que marchan-
dise trop étalée perd bientôt de
son

son prix. Nos femmes, chez nous, aiment bien à se parer ; elles ne sont pas fâchées d'être trouvées bien gentilles, c'est naturel ; mais jamais on n'en verra aucune chercher à plaire en se mettant dans le cas de rougir. N'est-ce pas aussi une bien drôle de chose, que de voir les vieux habillés comme les jeunes, et la mère danser à la même contredanse que sa fille ! Si on ne voyait tout ce monde que par derrière, on croirait qu'ils sont tous du même âge ; mais quand on les voit en face, ces diables de figures ridées, qui ont été jeunes autrefois, et qui vieillissent encore un peu tous les jours, paraissent plus décrépites que si ceux qui les portent avaient

II.   7

des habits à l'avenant de leur âge.
Ce n'est pas comme cela chez nous,
tu le sais. L'homme et la femme
de cinquante ans ont d'autres plaisirs et d'autres habillemens que
leurs enfans ; et je crois qu'on en
respecte généralement davantage
ceux qui ont droit de l'être.

Mais tout cela ne m'avait donné qu'envie de rire, au lieu que
ce que j'ai vu dans l'autre salle
m'aurait quasiment fait dire des
sottises aux gens, si monsieur Dumont ne m'en eût empêché. C'était
des hommes et des femmes qui
jouaient un argent du diable. Les
écus roulaient comme chez un receveur de contributions, et l'entêtement des uns et le bonheur
des autres faisaient que l'argent

allait et venait comme une navette.
Dans tout cela, il y a bien quelques cruches qui payent les pots
cassés, car j'ai vu deux messieurs
qui, en moins de rien de temps,
ont perdu des poignées de pièces
d'or. Oh ! quelle mine effrayante
ils avaient ! Ce pauvre argent ! on
a tant de mal à le gagner en tra-
vaillant, que cela fait de la peine
de le voir perdre en jouant. C'est
une honte que de jouer si gros
jeu ! Chez nous, on joue aussi ;
mais c'est pour tuer le temps,
pour s'amuser : au lieu qu'à Paris
c'est par calcul, c'est pour se rui-
ner, sa femme et ses enfans. Mon
bon Augustin, ne joue jamais à
ces vilains jeux-là !

FIRMIN.

7.

LETTRE LXIX.

D'AUGUSTIN A FIRMIN.

Paris, ce 28 Juillet 1819.

Encore huit jours, et monsieur de Ramti me permettra d'annoncer mon mariage. J'ai reçu de mes parens l'autorisation de me marier ; chaque jour je fais un pas vers le bonheur. Mon père me fait espérer qu'il pourra venir à Paris ; mais ma mère semble trop faible pour entreprendre le voyage ; sa santé m'inquiète : par exemple, je compte bien sur toi ; cela ne fait aucune difficulté.

Avant toi, mon ami, on a fait

de sages observations sur la mise
un peu trop légère des dames, mais
c'est toujours en vain. Une coquetterie mal entendue arme contre la
décence, et beaucoup de femmes
sacrifient la pudeur à la mode.
Il y a quelque temps je fus d'un
grand bal où de toutes parts le
luxe et la coquetterie se mon-
traient, pour ainsi dire, sans nulle
réserve. Une dame surtout, par
la magnificence de sa toilette,
mais plus encore par la transpa-
rence de ses vêtemens, se faisait
généralement remarquer. On la
suivait, on se groupait même au-
tour d'elle, sans qu'elle en parût
embarrassée. Son mari hasarda
vainement de lui faire quelques
observations, et toute la nuit cette

dame, d'une hardiesse un peu trop prononcée, recueillait d'un côté les éloges de la flatterie et s'exposait de l'autre aux traits de la critique la plus amère...., mais peut-être aussi la plus juste. J'ai su depuis que, le lendemain de cette réunion, cette même dame, à son réveil, reçut incognito une assez grande boîte, et dans laquelle elle ne trouva qu'une simple feuille de vigne.... C'est avec bien peu de chose avoir trouvé le moyen d'en dire beaucoup à cette personne. Profitera-t-elle de la leçon ?

Sois sans inquiétude, mon ami; jamais la passion du jeu n'égarera ma raison.

Le tableau du bonheur de ton ménage redouble l'impatience où

je suis d'en goûter un semblable.
Ton ami de cœur.

AUGUSTIN.

LETTRE LXX.

DE FIRMIN A AUGUSTIN.

De La Roche, ce 17 Août 1819.

C'EST du bout du doigt que
maintenant, mon ami, tu touches
à la plus grande satisfaction, et
ta première lettre me mandera sûrement que tu as jour pris pour
faire ton mariage. Mais, mon bon
camarade , je ne pourrai point
aller à sa célébration ; ma femme
est trop avancée dans sa grossesse,
et j'ai trop à faire ici pour quit-

ter ma maison dans cette saison.
Quoique de loin je me réjouirai le
jour où tu seras marié ; ce sera
grande fête dans toute ma maison;
j'inviterai même quelques-uns de
nos anciens camarades à se réunir à
moi, et nous ferons une petite noce
ici. Nous boirons à ta santé et à
celle de ta femme, et ce sera de
si bon cœur, que vous devrez vous
en apercevoir tous deux.

Mr. le curé nous a trouvé un
maître d'école; de sa main, cela
doit être du bon ! et d'autant
meilleur, dit-on, que c'est par
l'usage de l'enseignement mutuel
que les écoles vont être tenues
chez nous. Le receveur des contributions me disait hier que cette
nouvelle manière d'apprendre aux

enfans était si bonne qu'elle les
instruisait en les amusant ; que les
leçons de bonne conduite en tout
genre y étaient pratiquées ; qu'un
seul homme, en peu de temps, sans
qu'il en coûte beaucoup aux parens,
pouvait bien instruire un bon nombre d'enfans. C'est un grand service
à rendre aux gens de chez nous,
que de leur montrer à tous à lire
et à écrire. Au moins par la suite
on n'en verra plus qui signeront
leur nom avec une croix (†), et
ils pourront lire tout ce qu'ils signeront. Quelle bonne découverte!
C'est comme la vaccine. Ce nouveau maître d'école est un homme
d'assez belle taille, et quoiqu'il
ait les cheveux un peu roux, il
n'a pas l'air méchant. Les enfans

7..

l'aimeront, et c'est bien essentiel.
Sa femme, plus âgée que lui, a
servi, dit-on, dans un couvent;
elle sera bien bonne pour faire les
écoles des filles; on dit aussi qu'elle
se mêle d'être sage-femme : tant
mieux! tout cela trouvera sa place dans une grande paroisse.

Fais donc bien mes complimens
à ce brave monsieur Dumont, que
tu inviteras sûrement à ta noce. Si
tu as peu de monde, fais que
ce soit du bon coin; mais surtout ne prie pas ton vilain bavard,
qui n'est ni beau ni bon, et
qui déparerait ta noce. As-tu
donc reçu des nouvelles de ton
ami qui est allé en Italie? s'il
pouvait être heureux! mais peut-on
l'être tout-à-fait loin de chez soi!

Je crois bien que pour ta noce tu ne manqueras pas d'avoir ce gros monsieur qui met en train si joyeusement : voilà un homme qui paraît avoir le cœur sur la main ! ces gens-là sont comme le beau temps, ça met tout le monde en gaîté.

Allons, dépêche-toi d'être heureux pour faire enrager le diable ; ma femme et moi nous t'assurons que tu n'as pas de meilleurs amis que nous.

FIRMIN.

LETTRE LXXI.ᵉ

D'AUGUSTIN A FIRMIN.

Paris, le 30 Septembre 1819.

DEPUIS deux jours, mon bon-
ami , M. de Ramti a fait part du
mariage de sa fille , et il m'a permis de l'annoncer de mon côté.
Ce digne homme me traite déjà
comme si j'étais de la famille. Je serai marié le quinze de ce mois, et je
regrette infiniment que tu ne puis-
ses être des nôtres. En songeant,
cher Firmin , à tout le plaisir que
tu me ferais, peut-être trouveras-
tu le moyen d'échapper une hui-
taine à tes travaux , que ta bonne

petite femme pourrait surveiller pendant ta courte absence. Mon parrain, en réglant avec M. de Ramti, les articles du contrat de mariage, a mis le comble à toutes ses bontés pour moi, et je dois à sa générosité de pouvoir offrir à ma chère Zoé, une petite fortune à peu près égale à la sienne.

Hier, je me suis occupé des acquisitions à faire pour remplir la corbeille de mariage, que je dois offrir à ma future. C'est un usage charmant, inventé par l'amour et la galanterie; mais que la raison n'approuve pas toujours. Dans cette corbeille j'ai placé des dentelles dont ma femme ne saura trop que faire, parce qu'elle en

a déjà beaucoup ; mais c'est l'usage. J'y ai mis un très-bel éventail,
dont probablement on ne se ser-
vira pas par la crainte de le gâter:
l'usage exigeait que j'en offrisse
un. On m'a conseillé d'y mettre
une paire de boucles d'oreilles en
diamants : c'est une folie ; mais
c'est l'usage. A côté, j'ai placé un
ridicule, sorte de sac dont se ser-
vent les dames depuis *la révolu-
tion des poches*. Auprès on trouvera six douzaines de paires de
gants, d'une telle qualité, que la
moitié ordinairement sont déchi-
rés en les mettant. Plus loin un joli nécessaire, renfermant beaucoup de choses inutiles ; mais c'est
l'usage, m'a-t-on dit. Le tout est
recouvert par un magnifique schall

de fabrique française, quoique le marchand me pressait assez vivement d'en prendre un d'Angleterre ; mais nos fabricans ont prouvé depuis quelque temps, et surtout cette année, qu'ils peuvent rivaliser avec nos voisins et offrir encore à des prix moins élevés. On m'avait donné le conseil de placer un souvenir dans cette corbeille. Je ne l'ai pas suivi ; j'aurais cru offenser Zoé. Ma femme, j'en suis assuré, se rappellera toujours qu'elle n'a pas de meilleur ami que moi, et pour qu'elle n'en perde pas la mémoire, je serai toujours bon et prévenant. Cet usage-là en vaut bien un autre.

Je me garderai bien d'inviter à

mes notes celui qui n'a pas voulu servir mon ami Athier. Comme
nous serons peu nombreux et tous
amis, tu sens bien qu'un tel homme ne peut être des nôtres. Oui,
l'estimable M. Dumont me fera
l'honneur d'assister à mon mariage, et notre gros chanteur sera le
tambourin de la fête.

Amitiés sincères à ta bonne
femme, et en me répondant, an-
nonce-moi que tu peux venir.

AUGUSTIN.

LETTRE LXXIIe

DE FIRMIN A AUGUSTIN.

De La Roche, le 9 Octobre 1819.

ENCORE une fois, mon bon-ami, je ne peux pas quitter mes travaux de la campagne dans ce moment-ci. Les vendanges d'un côté, et la semaille de l'autre, me retiennent ici par la tête et par les pieds. Tandis qu'à la ville on s'amuse, il faut que nous nous occupions de faire du vin et de faire venir du pain. Et puis! la butte de cette bonne petite Marie-Anne, qui peut s'écrouler d'un jour à l'autre : il faut que je sois là. Il ne serait pas

juste qu'ayant eu la rose ensemble,
je lui laisse l'épine à elle toute
seule, et, en restant ici auprès
d'elle, je pourrai dire comme la
chanson : je l'ai planté, je l'ai vu
naître...ce beau rosier.

Tu as là un brave homme de
parrain que j'embrasserais de bon
cœur, si j'étais à Paris! C'est ça
faire un bon usage de ses écus!
voilà de l'argent bien placé, et
dont ton cœur payera toujours
une bonne rente à son amitié pour
toi !

Après ton mariage, tu devrais
venir ici passer quelque temps
avec nous, pour que ta femme
fasse connaissance avec ta famille
et tes anciens camarades. Je la
connais déjà assez pour être cer-

tain qu'elle sera contente de nous
tous. Nous ferons un retour de
noces, et si nous ne chantons pas
aussi bien que ton gros réjoui d'a-
mi, ce sera du moins d'aussi bon
cœur. Nous danserons ; tu feras ,
si tu veux , tes frémissemens de
jambes comme à l'Opéra , tandis
que nous sauterons , que nous
tournerons comme au village.
Nous boirons du bon vin ; et du
vieux, bien entendu! Un divertis-
-sement de campagne délassera ta
femme du bruit des grandes fêtes de Paris. Toi, tu sentiras
mieux ton bonheur qu'à la ville,
où le grand bruit doit , ce me
semble, gêner la pensée et étour-
dir le cœur.

En même temps que tu vas te

marier avec Mlle. de Ramti, tu
devrais bien divorcer avec quelques personnes que tu appelles tes
amis, et qui ne sont, je crois, que
de mauvaises connaissances : telle,
par exemple, que celle de ton bavard. Les vrais amis sont bien rares. On dit qu'ils tiennent un peu
du melon, qu'il faut en tâter de
plusieurs avant d'en trouver un
comme il faut. Choisis-moi un ou
deux bons garçons pour amis, et
n'en demande pas davantage.
Prends de ces gens qui t'aimeront
par la pluie, comme par le beau
temps ; là, de ces cœurs ouverts à
deux battans, où on lit bien
couramment, et où l'on voit tout
ce qui se passe. Tiens ! les trois
quarts de tes amis de Paris sont,

pour ainsi dire, des amis de verre, qui se rompent d'un rien.

J'espère bien que tu n'auras pas à ta table, de ces gens qui ne mangent jamais chez eux; qui, sans être invités, arrivent toujours à l'heure du dîné, et qui n'ont pas l'air de s'apercevoir que souvent on leur fait la grimace. Celui que j'ai vu venir chez ton parrain semble en faire son métier; et une chose très-surprenante, c'est qu'il trouvait tout assez mauvais, toujours, ou trop chaud, ou trop froid. Ces messieurs qui sont, je le vois, de la famille sans gêne, n'ont guère de parens à la campagne, où on ne va jamais à la noce, sans y être prié.

Depuis la nouvelle de ton ma-

riage, ta mère semble se remettre
un peu, et si elle te voyait ici avec
ta femme, cela lui remettrait, comme on dit, du baume dans le
sang. Tu m'enverras un morceau
de la jarretière de la mariée ; de
la jarretière, bien entendu, à laquelle tout le monde touche, car
pour l'autre il n'y aura que toi
qui aura le droit d'en avoir ; et
ce droit là, à ce qu'on dit, se conserve plus long-temps volontiers
au village qu'à la ville.

Je t'embrasse et voudrais pouvoir déjà te dire : embrasse bien
ta femme pour moi.

FIRMIN.

~~~~~~

LETTRE LXXIII.ᵉ

D'AUGUSTIN A FIRMIN.

De Paris, ce 18 Octobre 1819.

Oui, je renoncerai à toutes ces connaissances près desquelles il n'y a rien à gagner pour le cœur, et où l'esprit s'abuse souvent par le charme de la distraction. La maison de mon beau-père, celle de mon parrain nous offriront, à ma femme et à moi, assez de dissipations, qui, en nous enlevant quelquefois à nos habitudes journalières, nous les rendront encore plus chères après en avoir été privés.

Nous deux, cher Firmin, nous
continuerons à nous écrire, n'est-ce
pas ? jamais n'interrompons notre correspondance, et si elle n'est
point brillante, elle sera du moins
toujours franche, toujours bien
amicale. Je t'informerai de tout
ce qui m'arrivera d'heureux, et
quand j'aurai quelques chagrins,
j'en adoucirai l'amertume en les
déposant dans le sein de l'amitié.
Oui, des chagrins ! j'en aurai ; tu
en auras aussi : il faut nous y
attendre. C'est une sorte d'épreuve à laquelle nous soumet la Pro-
vidence, pour mieux nous faire
sentir le prix de ses bienfaits.

Après mon mariage, je me li-
vrerai à des études plus sérieuses
que celles dont je me suis occupé

pé jusqu'à présent. Je sens que
mes idées peuvent s'étendre, et
me conduire, avec le temps et de
l'application, à une révélation
d'idées plus importantes. Je veux
étudier les lois de mon pays, afin
de pouvoir un jour, si le sort
seconde mes vues, être de quelque utilité à mes concitoyens.
N'imagine pas que je sois disposé
à toujours rester dans un bureau
et à la vieillir dans la paresse.

Adieu, mon bon-ami; en at-
tendant les chagrins de la vie, je
jouis de toutes les douceurs du
présent.

AUGUSTIN.

II.   8

LETTRE LXXIV.

DE FIRMIN A AUGUSTIN.

De La Roche , le 29 Octobre 1819.

Oui, sûrement, il faudra continuer à nous écrire; moi, j'en ai pris l'habitude, et je ne m'en déferai pas sans peine. Quant aux chagrins de la vie dont tu me menaces, je les attends de pied ferme, et d'année en année je garderai toujours une feuillette de vin vieux pour les bien recevoir; nous verrons quelle mine ils feront. Tu feras bien, je pense, de te livrer à des études plus sérieuses,

comme tu dis, si cela peut te conduire à quelque chose de meilleur
que les bénéfices d'un bureau.
Quant à nous autres gens de la
campagne, il me semble qu'il nous
suffit de savoir ce qui regarde nos
travaux, de pouvoir lire et écrire
passablement, et de savoir consulter son cœur, quand on l'a bon,
pour faire le bien. Voilà assez de
sciences pour être heureux, si on
a le bonheur d'avoir de la santé,
et si les récoltes sont satisfaisantes.
Lorsque tu seras en train d'apprendre, apprends donc à te garantir des méchans et des aigre-
fins qui font toujours leurs coups à
la sourdine ; et j'ai entendu dire à
mon père, qu'à la ville surtout,
c'était une malédiction que ces

8.

gens-là, une race de cosaques qui
vous arrivent de tous côtés et par
les chemins les plus détournés.

Allons, étudie donc bien; fais
grande provision de science ; mais
après cela, comme beaucoup d'autres, ne va pas te moquer des paysans, qui, pour être moins instruits,
n'en sont pas moins de braves gens.
On ne peut pas être aux champs
et à l'école, et le travail grossier
qui nourrit les hommes vaut peut-
être bien de certaines sciences.

Je voudrais, une année seulement, voir les habitans des villes
façonner les biens de la terre, et les
paysans les remplacer dans les
administrations et dans la justice.
Dam! il me semble que, pour être
bon juge, l'essentiel est d'avoir de

la conscience, de la raison et de
l'humanité ; eh bien! on trouverait
cela aisément parmi ton père et
le mien, qui sauraient bien rendre justice à tout le monde , si on
n'avait à consulter que quelques
bonnes lois claires, et si claires,
que les avoués et les avocats ne
puissent pas les embrouiller.

Va ! va ! moi , si je faisais des
lois , j'arrangerais cela de manière
que ceux contre qui il y aurait
des peines de prononcées, ne puissent jamais s'en plaindre : la pu-
nition serait toujours analogue au
crime. Par exemple, un homme
qui, dans le vin, dirait des sottises,
je le condamnerais à boire de l'eau
pendant un certain temps ; un
homme qui, à jeûn, en insulterait

un autre, serait comdamné à apprendre par cœur les sermons de
Mr. notre curé contre la calom-
nie et la médisance. Celui qui vo-
lerait serait comdamné à la res-
titution, et à marcher à quatre
pattes pendant un an ; et en cas
de récidive, on l'attacherait à un
cochon, avec lequel il serait obligé de vivre et de coucher comme
si c'était son semblable. Pour un
oui, ou pour un non, je ne mettrais
pas ces gens en prison, si ce n'est
dans les cas criminels ; car, dans les
autres affaires, tel qui n'est point
coupable se sauve néanmoins comme un malfaiteur pour éviter d'ê-
tre privé de sa liberté, que la justice ne lui rend pas aussi vite que
la méchanceté, ou l'erreur lui

ont ôtée. Je ne ferais mourir
personne, parce qu'il y a beaucoup de scélérats que la mort
n'effraie point, et qu'une grande
humiliation continuelle ferait plus
d'effet sur les mauvais cœurs qu'un
supplice qui ne dure que quelques
minutes. Une femme bavarde et
méchante, dont les propos auraient fait quelques dommages
à la réputation de quelqu'un, serait condamnée à un silence de
trois mois ou de six mois, suivant les forces de la femme. Les
hommes mariés convaincus d'aller
hors de chez eux dépenser ce qui
doit rester dans le ménage, seraient pendant quatre dimanches,
après les offices, exposés, sur la
place la plus fréquentée, avec un

écriteau sur lequel il y aurait ces mots : *ne fais pas à autrui ce que tu ne voudrais pas qu'on te fasse.* Une femme mariée, bien convaincue de s'être écartée de ses devoirs, serait, pendant tout un été, condamnée à porter une cornette jaune et noire, des jupons courts, des bas rouges et des souliers éculés.

Pour en revenir à l'envie que j'aurais que les habitans des villes se mettent quelque temps à notre place pendant que nous serions à la leur, je serais content de voir de beaux messieurs à la charrue, de belles dames à l'herbe et traire les vaches. Peut-être bien qu'après leur année d'épreuve et de service à la campagne, les bour-

geois n'auraient pas tant l'air de
mépriser les paysans.

Ton ami.

FIRMIN.

LETTRE LXXV.

DE FIRMIN A AUGUSTIN.

De La Roche, ce 1er Décembre 1819.

JE voudrais pouvoir te porter
cette lettre, mon bon Augustin,
tant je la regarde comme pressée
et intéressante. Voilà, si tu le veux,
l'occasion de demeurer encore ensemble, et de ne plus nous quitter.
La place de receveur des contributions d'ici est à donner par la

8.

mort subite de M. Martin ; qui
l'occupait. On dit que cela valait
au moins 1,000 écus par an. Si tu
en voulais, il faudrait la demander
bien vite. Si tu n'étais pas, de suite , en argent comptant pour le
cautionnement , je pourrais faire
ton affaire, sans que cela puisse
me gêner; et faudrait-il se gêner,
que je le ferais encore plus volontiers. Tu accepteras, parce qu'entre bons amis, tout est en commun. Ma parole vaut le jeu, et je
ne suis pas, Dieu merci, de ces
gens qui ne sont vos amis que
tout juste jusqu'au moment d'o-
bliger ; mais qui ne vont pas plus
loin. Dam ! réfléchis ; 1,000 écus
à 4,000 francs de revenu , sais-tu
bien que c'est avantageux ! Oh !

que je serais content, si cette place pouvait t'aller ! Comme ton
père et ta mère s'en réjouiraient!
Va! va! on peut être aussi heureux
à la campagne comme à ta ville
de Paris, où tout n'est pas fait à
la taille de ceux qui l'habitent ,
où tout est si cher, où tu as déjà
vu , par tes yeux, que les amis
sont rares. Pense donc aussi ,
mon bon Augustin , que ta place
de commis peut te fondre dans la
main, au premier moment d'humeur qui prendra à ceux qui
donnent où qui ôtent les emplois ;
et qu'une recette de contributions est un état à vie, quand
on se conduit bien.

Je t'embrasse, et j'attends une
prompte réponse.

FIRMIN.

LETTRE LXXVI.

D'AUGUSTIN A FIRMIN.

Paris, le 8 Décembre 1819.

TA dernière lettre, mon bon-
ami, en me donnant la mesure
de ton attachement, me jette aussi dans le plus grand embarras. Au
moment de me marier, à l'instant où M. de Ramti croit établir
sa fille près de lui, est-il conve-
nable de lui proposer de s'en sé-
parer? D'un autre côté, je sens
tous les avantages d'une occupa-
tion qui me rapprocherait de mes
parens et de toi, mon bon-ami.
Je ne sais quel parti prendre.
Mais avant tout, je vais aller consulter M. Dumont; c'est un hom-

me sage, et l'ami de tous ceux que cette affaire intéresse. Dans tous les cas, mon mariage doit passer avant tout.

Je t'embrasse, mon cher Firmin.

Augustin.

LETTRE LXXVII.ᵉ

DE FIRMIN A AUGUSTIN.

De La Roche, le 10 Décembre 1819.

Je sais, mon ami, que le gendre de M. Simon, maître de poste, va solliciter à Paris la place que je t'ai indiquée. Il a pris ce matin la diligence, et, comme il n'y avait plus de place dedans, il n'a

pas craint de monter dessus. Tu
vois que c'est un homme qui veut
arriver. Tâche de le devancer.
Songe à ton père, à ta mère, et
un peu à moi. Quant à ton mariage, je crois qu'on pourrait le
faire ici; du moins, tous tes parens
y seraient, et surtout ta bonne
mère, à qui cela, je le parierais,
rendrait la santé. Mais, d'abord,
il faut avoir la place. Si tu la veux,
dépêche-toi, car celui qui va la
demander, est habitué à aller au
galop.

Bonne santé et bonne amitié,
cher Augustin.

FIRMIN.

LETTRE LXXVIII.

D'AUGUSTIN A FIRMIN.

Paris, le 11 Décembre 1819.

TOUT bien considéré, M. Dumont a pensé que je devais chercher à obtenir la place en question, et après avoir consulté ma chère Zoé, qui m'a laissé le maître d'en agir comme je voudrais, mon parrain et moi nous fûmes trouver M. de Ramti, qui, d'abord, n'a pas été de notre avis. Rien n'était plus naturel. Si je réussis, il faudra qu'il se sépare d'une fille chérie ; mais enfin ayant senti tous les avantages que présentait cette place, il nous a sacrifié son bonheur, et il a même consenti à faire toutes les démarches nécessaires au succès.

Mon bon Firmin, combien je te remercie de l'offre obligeante que tu me fais de puiser dans ta bourse le cautionnement qu'il faudrait fournir pour obtenir cette recette! J'aurais accepté cette offre, si mon parrain, comme je te l'ai déjà dit, ne m'eût, au moment de me marier, donné de nouvelles preuves de sa générosité.

Si je réussis, comme je le désire vivement, trouverai-je à La Roche une petite maison agréable, où je puisse commodément loger ma femme? En retournant au village, mon intention est bien

d'y vivre modestement, sans aucun luxe ; mais je veux cependant une habitation qui plaise à
ma compagne , un intérieur où
règnent le goût et la propreté,
afin que tout ce qui entourera ma
femme ne lui fasse pas trop regretter l'appartement que nous
eussions occupé dans la maison
de son père.

Va donner de mes nouvelles à
ma famille , et crois à ma vive
amitié.

AUGUSTIN.

~~~~~~

LETTRE LXXIX.

DE FIRMIN A AUGUSTIN.

De La Roche, le 15 Décembre 1819.

Je craignais fort que ta femme, qui est faite à Paris depuis sa naissance, ne voulût pas quitter la grande ville, pour venir demeurer ici. Sa bonne volonté prouve bien toute son amitié pour toi. Tant mieux! Oh! comme nous l'aimerons bien de notre côté! Je crois sans peine qu'une séparation comme celle-là devra bien tourmenter ce bon M. de Ramti. Puisque tu es en fonds, je garde mes écus, non pas pour une meilleure occa-

sion, mais pour en faire un autre
usage. La veuve de M. Martin
pourrait t'accommoder de sa maison, parce qu'elle ira demeurer
avec sa mère. Cette maison est
bien gentille, et nouvellement ar-
rangée avec des papiers de Paris.
C'est celle qu'a fait bâtir cet An-
glais qui s'est ruiné ici à boire du
vin de Champagne, comme si le
nôtre ne valait pas mieux. Il y a
aussi un assez grand jardin, arrangé à l'anglaise, bien entendu,
où l'on vient de faire, à neuf, un
vieux pont de pierres, et une ri-
vière pour laquelle il n'y a point
encore d'eau ; un joli petit moulin à vent, pour épouvanter les
oiseaux ; et des éclats de rochers,
qui sont poussés comme des cham-

pignons. Dans ce jardin , il y a aussi un écho tout-à-fait divertissant, et qui répète tout ce qu'on dit. Les gens simples de la paroisse disent que cet écho est une vieille femme qui revient.

Oh! comme j'attends avec impatience la nouvelle de ce qu'aura fait M. de Ramti pour t'avoir cette place!

Adieu, cher camarade; je t'embrasse de grand cœur.

FIRMIN.

~~~~~~

LETTRE LXXXe

D'AUGUSTIN A FIRMIN.

De Paris , le 12 Septembre 1819.

Mon bon-ami , M. de Ramti ayant été bien servi, la recette des contributions de La Roche m'est accordée, et je dois en prendre possession le 5 du mois prochain. Ainsi, il faut que je sois à mon poste dans les premiers jours de janvier.

O mon cher Firmin ! me voilà donc arrivé au comble de mes vœux ! je n'aurai plus rien à désirer ! Pourvu, mon Dieu ! qu'a—

près tant de bonheur, il ne m'arrive rien de fâcheux! Cette crainte, que pourtant mon existence jusqu'alors ne justifie pas trop, malgré moi se présente de temps en temps à mon imagination. La fortune est sollicitée par tant de monde, que, comme les grands, elle est parfois obligée d'être injuste.

Maintenant, je vais tenter de décider mon beau-père à consentir que mon mariage se fasse à la campagne, quoiqu'il ne soit pas, dit-on, dans l'ordre des convenances, que la demoiselle vienne se faire épouser loin de chez ses parens. J'écris à mon père et à M. le curé, pour leur apprendre que j'ai la place. Cher Firmin, nous allons

donc, de nouveau, habiter le même endroit. J'en éprouve une bien
grande satisfaction.

Je veux, cher ami, te charger
de remplir pour moi un devoir
où ta bonté, où ta discrétion me
seront nécessaires. Voici le fait.
Après toutes mes acquisitions d'a-
grément pour l'époque de mon
mariage, il m'est resté 600 francs
que j'aurais pu encore employer
en futilités; mais j'ai préféré leur
donner une toute autre destination;
et tu applaudiras, j'en suis certain, à l'emploi que j'en veux
faire. A La Roche, il existe peut-
être quelques-uns de nos anciens
camarades qui ne sont pas très-
heureux, et auxquels tu pourrais,

l'offrir, non pas de l'argent, mais un de ces cadeaux d'utilité, qui, dans un petit ménage, font grand plaisir, en ne blessant l'amour-propre de personne. Par M. le curé, sans le mettre dans notre confidence, tu sauras facilement où t'adresser pour remplir nos intentions. Après cela, s'il te reste quelque chose, je désire, si tu es de mon avis, que ce soit pour le Berger-soldat. Je sais bien qu'il ne voudra jamais se défaire de son vieil habit qui le couvre de gloire ; tâche néanmoins de lui en faire accepter un neuf, ou toute autre chose qui lui soit utile. C'est bien dit ; c'est bien entendu entre nous. Fais tout cela,

sans

sans qu'il soit question de moi,
afin qu'on ne m'en parle pas,
quand je serai à La Roche.

Je t'embrasse encore sur le papier; mais bientôt j'espère le faire
en réalité.

AUGUSTIN.

LETTRE LXXXI.

DE FIRMIN A AUGUSTIN.

De La Roche, le 25 Décembre 1819.

Mon bon camarade, c'est donc
bien décidé ! tu reviens avec nous !
oh ! va, ma joie sur cela est plus
forte que tout ce que je pourrais
en dire. Hier je n'ai pu en travailler de la journée ; et je n'ai

II.   9

été occupé qu'à courir chez l'un
et chez l'autre, pour apprendre
cette nouvelle à tous tes amis,
à toutes tes connaissances ; enfin,
je crois que je l'ai dit à tout le
monde. Oui, cher Augustin, reviens avec nous ! A la vérité, tu
n'auras pas ici de ces beaux, de ces
grands divertissemens qui coûtent
si cher ; mais tu attraperas plus
facilement le plaisir qui donne le
bonheur. Après ton travail, tu
pourras encore t'occuper dans ton
jardin, à cultiver des fleurs, à ar-
roser une salade, à greffer un
fruit, à faire la partie de trictrac
avec M. le curé, à causer avec
moi, au retour des champs, quand
je ne serai pas trop fatigué ; à vi-
siter les parens, à te livrer à ces

études sérieuses dont tu me parlais il y a quelque temps : et puis ! et puis !... pour le reste tu t'arrangeras avec ta femme.

Adieu ; ma femme et moi nous t'embrassons comme nous t'aimons.

FIRMIN.

~~~~~~

LETTRE LXXXII.e

D'AUGUSTIN A. FIRMIN.

Paris, le 27 Décembre 1819.

Tout, mon ami, va au gré de mes désirs. Le bon, l'inappréciable M. de Ramti consent aussi à ce que nous soyons mariés chez mon père. Quel excès de bonté et de complaisance ! Déjà ma chère Zoé s'occupe des préparatifs de son départ. Déjà mon père m'a répondu que je ne pouvais lui faire un plus grand plaisir que de venir me marier près de lui. Ma mère aussi en est enchantée. Mais quel embarras je vais leur

causer ! Nous arriverons le 2 janvier. Pourrons - nous tous loger
convenablement chez mon père ?
J'en doute fort. Veux-tu, mon
ami, t'occuper de cela ? Nous serons, je crois, cinq à six personnes
nes : M. de Ramti, sa demoiselle
et son fils ; mon parrain et, peut-
être, sa femme, si son médecin
trouve qu'elle puisse faire le voyage. Je ferai tout mon possible pour
emmener, avec moi, l'estimable
M. Dumont. C'est mon parrain
qui veut se charger de tous les
frais de la noce. Tu peux encore
m'écrire une fois avant mon départ, mais ce sera la dernière, j'espère ; à l'avenir, nous nous dirons,
de vive - voix , tout ce que nous
pensons ; nous goûterons le bon-

heur d'être réunis, et notre amitié n'aura plus de vœux à former.

AUGUSTIN.

~~~~~~

LETTRE LXXXIII.e

DE FIRMIN A AUGUSTIN.

De La Roche, le 31 Décembre 1819.

Tout est arrangé pour le mieux,
mon bon camarade. C'est chez
M. le curé que logeront M. de
Ramti et sa famille, et je t'assure
qu'ils seront bien. Ils auront vue
sur la campagne ; et quoiqu'elle
ne soit pas dans sés habits de fête,
le coup-d'œil est agréable. Ton
parrain et sa femme auront en-

semble, chez ton père, la cham-
bre en siamoise; la tienne enfin,
où l'on fera mettre plusieurs mi-
roirs pour que ta marraine puisse
s'y apercevoir. M. Dumont aura un
logement chez un parent de M. le
curé. C'est un officier retraité, qui
n'est pas riche; mais qui, pourtant, s'est arrangé pour avoir un
lit d'ami. C'est un excellent homme, qui n'a qu'une décoration;
mais qui a bien plus d'une bles-
sure. On sait dans le pays, qu'il
a été un des plus braves officiers
de l'armée, et ce n'est pas par lui
qu'on l'a appris. M. Dumont se
plaira bien avec lui. Toi, jusqu'a-
près ton mariage, tu logeras chez
moi, et tu ne nous quitteras que
quand mademoiselle de Ramti se-

ra ta femme. Nous vous attendons .tous le jour que tu m'as marqué. Tu peux arriver par le chemin de la Haie-Commune , qui est refait à neuf. Ah! que j'aurais voulu que ton parrain voie cette route avant qu'elle fût faite! quelle différence !

FIRMIN.

~~~~~~~~~~~~~~~~~~~~~~~~~~~~~~~~~~~

LETTRE LXXXIV.e

ET DERNIÈRE

DE FIRMIN A M. DUMONT.

De La Roche, le 5 Janvier 1820.

MONSIEUR,

PUISQU'IL ne vous a pas été possible d'assister au mariage de mon ami Augustin, de voir son bonheur, celui de sa famille et le mien, je vais, malgré mon extrême joie, qui trouble un peu ma raison, essayer de vous marquer comme tout s'est passé. J'aurai bien de la peine à ne rien oublier, parce que je serai long-temps

9..

étourdi de bonheur, et des plaisirs
de la noce qui a eu lieu hier.

D'abord, vous saurez, Monsieur, que l'avant-veille du mariage, il est arrivé ici, devant ma
porte, une très-grande carriole de
Paris, de laquelle est sorti un
gros papa de bonne mine, face
appétissante et rougeaude, que
j'ai bien vue, quoiqu'elle fût en
partie cachée par un bonnet de
coton en soie noire; et qui, gaîment, s'est adressé à moi, comme le Cuisinier en chef du parrain
d'Augustin. Bon, lui ai-je dit,
monsieur; soyez le bien venu, et
entrez chez nous. Mais, suivant
l'ordre de son maître, il devait
s'établir à l'auberge, et je l'ai
conduit à la meilleure, à la Poste

aux chevaux, c'est la seule, car
les autres ne sont que des caba-
rets. Oh ! Monsieur, que de choses renfermait cette carriole ! des
boîtes de toutes sortes, des paniers
casuels, des cartons allongés; enfin,
jusqu'à un petit soufflu de marmi-
ton qui ne quitte jamais son chef.
Dès le jour même, après qu'il a été
établi dans son logement, ce monsieur s'est mis de suite à l'ouvrage. Habit bas, veste d'indienne à
ramages, le bonnet de coton blanc
en tête, et le grand couteau à gai-
ne au côté : voilà notre homme
qui taille, qui coupe poulets et
dindons, lièvres et lapins, qui
met au blanc toute la verdure de
l'endroit, qui ordonne du beurre,
qui commande des œufs, et qui,

pour son service particulier, se fait donner deux bouteilles de bon vin vieux. Ah! Monsieur, quel homme! mais aussi il faut convenir qu'il a été bien secondé par notre bedeau, qui fait ordinairement les noces du pays, et par la mère Chicandart, qui a travaillé long-temps à la cuisine des Invalides de Paris; une femme encore vraiment bien ragoûtante.

Le jour de l'arrivée d'Augustin et de toute la société, nos anciens camarades se sont réunis à moi, pour aller au devant de notre ami; nous avons invité à marcher, à notre tête, le vieux Soldat-berger, qui, ce jour-là, a donné congé à ses chiens fidèles, à ses moutons, et qui ayant dé-

couvert, dans la ferraille du ma-
réchal , un petit canon , l'avait
placé sur une charrue dont il
avait fait un affût , mais dont,
malheureusement, il n'a pu tirer
aucun parti , tant il était rouillé.
Mes garçons de ferme, et ceux
du père d'Augustin , tous en habits des dimanches , sans m'en
avoir rien dit, ne se sont-ils pas
aussi rassemblés avec des fusils,
pour venir à la rencontre des voitures. Notre commandant , le ber -
ger , se rappelant son ancien métier , nous fit quelque temps mar.
cher assez en ordre ; mais il n'y
eut pas moyen de se tenir en
rang, lorsque, près du gros arbre où commence la route , nous
avons trouvé les voitures. Alors

chacun voulait être le premier à
embrasser Augustin, et à saluer
toutes les autres personnes. On
tira, sans accident, grand nombre de coups de fusils ; et si la
saison l'avait permis, nous aurions
offert des fleurs de toutes cou-
leurs. Oui, monsieur, la joie que
nous éprouvions était si grande,
que nous sommes arrivés au village tous en pleurant. Ce cher
Augustin est si généralement aimé,
que le jour de son arrivée fut un
jour de fête pour tout le pays.
Vieux comme jeunes, grands et
petits, personne n'a travaillé ce
jour-là. Les champs étaient dé-
serts !

Quand les voitures ont été ar-
rêtées, chacun voulait se rendre

utile, et tous se gênaient par trop
d'empressement. Tout le monde
voulait voir la future d'Augustin,
qui saluait et souriait amicalement
de tous côtés. Les vieillards l'ont
embrassée, et tous la comblaient
de bénédictions. Arrivée à la maison du père d'Augustin, en voyant
les parens de mon ami, cette aimable demoiselle a éprouvé un
saisissement qui ne s'est passé
qu'en les embrassant. Ah! Monsieur, je crois que c'est un ange
qu'Augustin aura pour femme,
et son cœur doit être aussi bon
que sa figure est douce. M. le
curé, chez lequel on allait conduire M. de Ramti et ses enfans,
est venu au devant d'eux, et ce
jour-là, on a soupé chez lui.

Le soir, plusieurs anciens du village sont venus chez le père d'Augustin, le complimenter d'avoir un aussi brave garçon pour fils. Après cela, les jeunes garçons sont arrivés de leur côté. On a bu, on a chanté, on a trinqué; que ça faisait un coup-d'œil charmant!

Le jour du mariage, avant qu'il fît clair, les cloches avaient déjà carillonné l'antienne de la fête. Il faisait un temps superbe, une gelée à fendre les pierres, et à faire pleurer les enfans. Avant la messe, moi, j'ai été voir notre habile homme de cuisinier de Paris, qui, malgré la rigueur du temps, ne soufflait pas dans ses doigts pour s'échauffer. Le tourne-

broche et les fourneaux étaient en
permanence depuis deux jours.
C'était un feu d'enfer ! En revenant, j'ai trouvé sur la place un
grand nombre de jeunes gens qui
en avaient désigné huit d'entre
eux pour être les garçons d'honneur. A dix heures, on s'est rendu
à l'église ; et comme M. le curé
avait annoncé une grand'messe,
les chantres de la paroisse, dès le
matin, étaient poudrés à blanc ;
et pour que le coup-d'œil fût plus
beau, on avait eu deux enfans de
chœur de la ville. Le bedeau,
ayant pu s'échapper un instant
d'auprès du cuisinier, la cérémo-
nie a été complète, magnifique,
et, pendant toute la célébration,
les cloches, les fusils, les violons,

tout a été mis en usage pour prouver à notre ami combien son bonheur intéressait la paroisse entière.
A midi tout était fini, et Augustin a conduit sa femme chez ses
parens. On a diné fort tard, car
il était près de deux heures. De
ma vie, Monsieur, je n'ai rien vu
de si beau que le repas où ce diable de cuisinier de Paris, avait fait
des ragoûts si bons et de toutes
sortes, qu'on s'en rappellera long-
temps au pays ; et comme il avait
su figurer tout ce qu'il n'avait pu
trouver, rien n'y manquait. Ah !
quel homme ! mais aussi quelles
jolies choses il avait apportées de
Paris ! comme, par exemple, un
service de table, en assiettes et en
plats, représentant l'histoire. Pour

ma part, j'ai trouvé l'Amour et
Psyché sous un potage au vermi-
celle; mon voisin avait la bataille
de Marengo sous un salmi de per-
dreaux, et le maître d'école, la
mort de Lucrèce sous des prunes
à l'eau-de-vie. Ah! c'est charmant,
que de pouvoir s'instruire en man-
geant! Au dessert, avec des vins
fins de Paris, de Champagne et
de Bordeaux, on a bu à la santé
des mariés, et s'ils ne se portent
pas bien, ce n'est pas faute d'a-
voir trinqué pour ça. Le fils de
M. de Ramti, a chanté des cou-
plets dont nous avons tous répété
le refrain de bon cœur, parce
qu'on disait qu'il fallait toujours
aimer Augustin et sa femme. Le
soir, il y a eu bal général pour

tout le pays. Partout on s'amusait!
le plaisir et le bon vin égayaient
les vieux et les jeunes. On allait,
on venait, on dansait, et toujours
en cherchant à se rapprocher des
mariés, de la gracieuseté et de la
bonté desquels on était enchanté.
Mais je ne sais comment cela s'est
passé, car quoiqu'on ne les perdit
pas de vue, ils ont trouvé le moyen
de disparaître sans être aperçus.
Pour lors le bal a bientôt fini, et
tout le monde était rentré à trois
heures de nuit.

Ce matin, lorsque je finissais la
lettre que j'ai l'honneur de vous
écrire, Augustin est entré chez
moi, et en se jetant dans mes
bras, il me dit : Firmin, mon cher
Firmin! je suis le plus fortuné des

hommes. Epoux d'une femme charmante , je reviens près de mes parens, près de mon meilleur ami et désormais le parfait bonheur pour moi ne peut se trouver qu'au village.

Voilà, monsieur, le récit de tout ce qui s'est passé à l'occasion du mariage de mon ami qui regrette , avec tout le monde, que vous n'ayez pu en être le témoin et ajouter à tout ce qu'on a éprouvé de satisfaisant. Enfin , monsieur , Augustin est heureux parmi nous, et son bonheur est sans doute la récompense de sa bonne conduite à Paris , qui lui a mérité l'estime de la famille de sa femme , comme il a toujours su se faire aimer quand il habitait avec nous , et se faire beaucoup regretter lorsqu'il en était éloigné.

J'ai l'honneur, monsieur, de vous saluer avec respect et considération.

FIRMIN.

FIN.